KB024466

이방인

이방인

초판 1쇄 발행 2020년 1월 13일
초판 9쇄 발행 2024년 5월 24일

지은이 알베르 카뮈
옮긴이 김민준
펴낸이 남기성

펴낸곳 주식회사 자화상
인쇄,제작 데이타링크
출판사등록 신고번호 제 2016-000312호
주소 경기도 고양시 덕양구 꽃마을로 34, 1006호,1007호(향동동, DMC스타팰리스
대표전화 (070) 7555-9653
이메일 sung0278@naver.com

ISBN 979-11-90298-36-0 00860

이방인

L'étranger

알베르 카뮈 지음

자화상

차례

이방인

1부 • 죽음

2부 • 재판

요나 – 작업 중인 예술가

1부

죽음

1

어머니가 오늘 세상을 떠났다. 어쩌면 오늘이 아닐지도 모른다. 어제였을지도. 양로원에서 전보가 왔다.

'모친 사망. 내일 장례식. 조의를 표함.'

이 전보만으로는 확실하지가 않다. 어제였을지도 모르겠다.

양로원은 알제리에서 약 20킬로미터쯤 떨어진 마랑고에 있다. 오후 2시에 버스를 타면 해지기 전엔 도착할 수 있을 것이다. 그러면 밤샘을 하고 내일 저녁에는 돌아올 수 있겠지. 나는 사장에게 이틀간의 휴가를 신청했다. 사장은 거절

할 수 없는 이유이니만큼 요청을 들어주었으나 썩 좋아하는 표정은 아니었다. 나는 이런 말을 덧붙였다.

"그건 제 탓이 아닙니다."

사장은 아무런 대답도 하지 않았다. 나는 그제서야 그런 소리를 하지 말았어야 했다고 생각했다. 그러나 굳이 변명할 필요는 없었다. 오히려 그가 나에게 조문이라도 해주는 것이 마땅한 일이 아닌가. 모레쯤 장례를 치르고 오면 무슨 말이 있겠지.

아직 나 자신도 어머니가 돌아가셨다는 일이 믿어지지 않는다. 장례식을 치르고 나면 어머니의 죽음은 엄연한 사실로 받아들여질 테고 사람들도 더욱 예의를 갖추게 될 것이다.

나는 보통 때와 마찬가지로 셀레스트가 하는 레스토랑에서 점심을 먹었다. 종업원들은 나를 위로하며 함께 슬퍼했다. 셀레스트도 말했다.

"어머니란 오직 한 분밖에 안 계시잖아요. 얼마나 슬프겠어요."

내가 레스토랑을 나올 때는 모두들 문 앞까지 나와 배웅

해 주었다. 어머니의 죽음에 대해서 무심하지 않았다고는 말할 수 없다. 왜냐하면 양로원으로 가는 도중에서야 문득 생각이 나서 에마뉘엘의 집에 들러 검은 넥타이와 완장을 빌렸기 때문이다. 에마뉘엘은 몇 달 전에 삼촌을 여의었다.

오후 2시에 버스를 탔다. 무더운 날씨였다. 흔들리는 버스, 가솔린 냄새와 창가에서 반짝이는 햇살, 이러한 것들에 시달리다가 어느 틈엔가 잠이 들었던 것 같다. 잠에서 깨어났을 때는 낯선 군인의 어깨에 기대어 있었다. 그는 미소를 보이며 먼 곳에서 오느냐고 물었다. 나는 길게 말하기 싫어서 그렇다고만 대답했다.

양로원은 마을에서 약 2킬로미터쯤 떨어진 곳에 있었다. 걸어서 갔다. 바로 어머니의 유해를 보려고 했으나 수위의 말이 먼저 원장을 만나야 한다고 했다. 원장은 나를 자기 사무실로 맞아 주었다. 레 종 도뇌르 훈장을 단, 키가 작은 노인이었다. 그는 젖은 눈으로 나를 쳐다보며 손을 꼭 잡았다. 그러고는 놓지 않았다. 나는 어떻게 손을 빼내야 할지 몹시 난처했다.

원장은 서류를 뒤적이더니 말문을 열었다.

"뫼르소 부인은 3년 전에 이곳에 오셨지요. 의지할 사람이라고는 당신밖에 없었습니다."

마치 나를 나무라는 투였다. 나는 사정 얘기를 했다. 그러자 원장은 나의 말을 가로막았다.

"굳이 변명할 필요는 없습니다. 당신 어머니의 서류를 읽어 보았습니다. 당신은 어머니를 부양할 형편이 못되더군요. 어머님을 돌봐줄 사람이 필요했지만 월급이 적어서 그것도 곤란했지요. 어쨌든 어머님은 이곳에 계시는 편이 훨씬 행복했을 겁니다."

원장의 말을 계속되었다.

"어머니에게는 같은 연배의 친구들이 있었습니다. 그들과 함께 지난 일들을 이야기하며 지냈지요. 당신이 젊으니까, 아드님과 함께 살았다면 아무래도 적적했을 겁니다."

맞는 말이었다. 집에 같이 있었을 때, 어머니는 아무 말 없이 나를 바라보기만 하며 시간을 보내곤 했다.

양로원으로 들어가고 처음 며칠 동안은 우는 일도 종종 있었다. 그러나 그것은 익숙하지 않았기 때문이었다. 몇 달 후에 양로원에서 모셔 오겠다고 했더라도 어머니는 울었을 것이다. 이제는 그곳에 익숙해졌을 테니까. 최근에 내가 별로 신경을 쓰지 않고 양로원에 가지 않은 것도 실은 그러한 이유가 조금은 있었다. 또 일요일을 허비해야 하고, 버스정류장까지 가서 차표를 사야 하고, 두 시간 동안 버스에 시달려야 하는 탓에 마음이 내키지 않았던 때문이기도 했다.

원장이 계속 말했다. 그러나 나는 별로 귀담아 듣지 않았다. 그러자 그가 이렇게 말했다.

"물론 어머님이 보고 싶으시겠죠?"

나는 잠자코 그의 뒤를 따랐다. 그가 층계를 나서면서 말했다.

"유해는 조그만 빈소로 옮겨 놓았습니다. 다른 사람들에게 영향을 주지 않기 위해서지요. 이런 일이 생길 때마다 사람들의 신경이 날카로워져서 곤란한 일이 많답니다."

원장을 따라 안뜰로 들어가니 그곳에는 노인들이 삼삼오오 모여 앉아 이야기를 하고 있었다. 우리가 지나갈 때에는 잠시 말이 없다가 지나간 뒤에는 다시 이야기를 시작했다. 어느 조그만 집 앞에 이르자 원장은 나를 바라보며 다시 입을 열었다.

"그럼 저는 이만 가 보겠습니다. 뫼르소 씨. 언제든 사무실로 오시면 절 만날 수 있습니다. 장례식은 밤샘하실 것을 생각해서 아침 10시로 정했습니다. 그리고 어머님께서는 평소 원우들에게 장례식은 종교장으로 해주셨으면 하는 희망을 말씀하셨답니다. 그래서 종교장으로 모든 준비를 갖추어 놨습니다. 알고 계십시오."

나는 원장에게 고맙다는 인사를 했다. 어머니는 평소 무신론자랄 것도 없지만, 종교를 믿은 적도 없었다. 안으로 들어가니 천장에 유리창이 나 있고 하얀 석회칠을 한 방이 나타났다. 의자들과 십자 모양의 틀들이 놓여 있었다. 방 한복판에 두 개의 틀 위에 놓여 있는 관이 보였다. 호두 기름칠을 한 나사못이 널 위에 대충 박혀 있는 모습이 유난히 눈에 띄었다. 관 곁에는 흰 가운을 입은 간호사가 있었다.

그때 관리인이 들어왔다. 그는 뛰어온 모양으로 숨찬 목소리로 말했다.

"보실 수 있도록 뚜껑을 열어드리겠습니다."

관 뚜껑을 열려는 그를 제지했다. 그러자 그가 말했다.

"안 보시렵니까?"

"예, 그만두겠습니다."

그는 입을 다물어 버렸다. 나는 그런 말은 하지 말았어야 했다고 생각했다. 다소 어색한 기운이 흘렀다. 이윽고 그가 나를 쳐다보며 물었다.

"어째서 안 보시겠다는 거죠?"

나무라는 투의 말은 아니었다. 그저 이유를 알고 싶어 하는 눈치였다. 나는 대답했다.

"글쎄요, 나도 모르겠습니다."

그는 나를 보지도 않으면서 말했다.

"하긴, 그러실 겁니다."

푸르고 맑은 눈을 가진 그의 눈은 반짝였고 얼굴은 다소 붉은 편이었다. 그는 나에게 의자를 권하고 자기도 내 뒤에 조금 떨어져서 앉았다.

간호사가 일어나 문 쪽으로 가자 관리인이 말했다.

"종기가 나서 저렇답니다."

나는 무슨 말인지 알아채지 못했다. 간호사는 눈 밑에 붕대를 감고 있었는데 붕대가 머리까지 둘러싸고 있었다. 코 언저리에도 붕대가 감겨져 있었다. 그녀의 얼굴은 온통 붕대로 덮혀 있었다.

간호사가 나간 뒤 수위가 말했다.

"저도 잠시 자리를 비켜드리겠습니다."

내가 어떠한 몸짓을 했는지는 모르겠으나, 그는 나가지 않고 그 자리에 서 있었다. 그가 내 뒤에 서 있는 것이 내게는 몹시 거북했다. 방 안은 석양의 아름다운 햇살로 가득 찼고, 말벌 두 마리가 유리창에 부딪히며 붕붕거리고 있었다. 나른해지며 잠이 올 듯했다. 그래서 나는 수위에게 고개도 돌리지 않고 말했다.

"여기 오신 지는 오래되셨습니까?"

"5년이 되었군요."

그는 묻기를 기다렸다는 듯이 대답하더니 수다스럽게 이야기를 늘어놓기 시작하였다. 아마도 내가 그에게, 당신은 마랑고 양로원에서 수위로 일생을 마칠 것이라고 말했다면 깜짝 놀랐을 것이다. 그는 올해 60세로 파리 태생이라고 했다.

나는 그의 말을 가로막았다.

"아, 그렇군요. 이 고장 분이 아니시군요."

그가 나를 원장실로 안내하기 전에 들려준 어머니에 관한 얘기가 떠올랐다.

산이 없는 평지에서는 기온이 높으므로 매장을 서둘러야 한다고 했다. 그때 그는 자기가 파리에서 살았고 그곳이 좀처럼 잊히지 않는다고 말했던 것이다. 파리에서는 시체를 사흘이고 나흘이고 두는 수도 있지만, 여기에서는 서둘러야 하며, 죽음을 받아들일 여유도 없이 영구차를 따라가야 한다는 것이었다. 그때 그의 아내가 끼어들었다.

"여보, 그만하세요. 그런 얘기는 이분에게 할 게 아니잖아요."

관리인은 사과했으나 난 "천만의 말씀을 다 하십니다." 하고 말했다. 나에게 수위의 이야기는 그럴 듯하고 재미있었기 때문이다. 그는 극빈자의 자격으로 이 양로원에 들어왔다고 했다. 그러나 자기는 건강해서 관리인의 자리를 지원했고 지금까지 그 일을 하게 되었다는 것이다.

나는 그에게, 그래도 결국 당신도 재원자의 한 사람일 뿐이 아니냐고 지적했더니, 그는 고개를 저었다. 그는 재원자들보다 높은 위치에서 관리인으로서 어느 정도 권리 행사를 할 수 있다고 하였다.

간호사가 들어왔다. 별안간 어둠이 깔리기 시작했다. 금세 주변은 어두워졌고 수위가 스위치를 켰을 때 갑자기 불빛이 쏟아지는 탓에 눈이 부셨다. 그는 식사를 하러 가자고 하였다. 내가 별로 먹고 싶지 않다고 하자 그는 밀크 커피를 가져오겠다며 나갔다. 잠시 후 밀크 커피를 건네받은 나는 그 자리에서 다 마셨다. 커피를 마시고 나니 담배가 피우고 싶어졌다. 그러나 어머니 앞에서 담배를 피워도 되는 건지 잠시 망설였다. 생각해 보니, 조금도 꺼릴 이유가 없었다. 나는 수위에게 담배를 한 대 권하고 둘이서 함께 피웠다.

그가 문득 말했다.

"어머님의 친구 분들도 오실 겁니다. 풍습이 그러니까요. 커피와 의자를 더 준비해 두겠습니다."

나는 벽에 반사되는 불빛이 눈부셔 두 개의 전등 중에 하나를 끌 수 없겠냐고 하자 수위는 그럴 수 없다고 하였다. 전기 시설이 그렇게 되어 있어서 다 켜든지, 다 끄든지 할 수밖에 없다는 것이었다. 그 후로 나는 그에게 별로 관심을 두지 않았다. 그는 의자들을 늘어놓고 한 의자 위에 커피 주전자와 찻잔 두 개를 놓았다. 그러고는 어머니가 있는 곳에서 나와 마주 앉았다. 간호사는 방 한 구석에서 등을 돌리고 앉아 있었고, 몸놀림으로 보아 뜨개질을 하고 있다는 것을 짐작할 수 있었다.

방 안은 훈훈하였고 열린 창문으로 그윽한 밤의 꽃향기가 들어왔다.

나는 깜박 졸았던 모양이다. 무엇인가 스치는 소리에 눈을 떴다. 눈을 감았던 탓에 방 안의 환한 빛이 더욱 부셨다. 바로 그때 어머니의 친구 분들 여남은 명이 우르르 들어왔다. 그들은 아무 말 없이 조심스럽게 의자에 앉았다. 나는 사람을 이토록 자세히 본 적이 없었다. 그들의 얼굴, 옷차림, 그리고 사소한 거동까지 내 눈에 각인되고 있었다. 그들의 무거운 침묵은 이 세상 사람처럼 보이지 않을 정도였다. 여자들 대부분은 앞치마를 둘렀는데 끈으로 졸라매어 배가 두드러져 보였다. 나는 그때처럼 늙은 여자들의 배가 얼마나 커질 수 있는 것인지를 목격한 일이 없었다.

나이 든 남자들은 대부분 몹시 여위었고 지팡이를 짚고 있었다. 나는 노인의 얼굴을 보고 가슴에서 알 수 없는 답답함을 느꼈다. 주름투성이에 희미한 눈빛은 앞을 거의 볼 수 없을 것 같다는 생각이 들었기 때문이다.

그들이 앉았을 때, 모두가 나를 바라보며 이가 빠진 입속으로 오그라든 얼굴들을 어색하게 기울였다. 나는 그것이 나에 대한 인사인지 그들의 버릇인지 분간할 수가 없었다. 아마 나에게 인사를 한 것이 아닌가 생각된다.

죽음의 공허한 무게에 짓눌려 갑갑해하던 중 한 여자의 흐느낌이 정적을 깨뜨렸다. 둘째 줄에 앉은 여자였는데 앞줄에 가려서 잘 보이지 않았다. 그녀는 끊길 듯 말 듯한 소리로 줄곧 흐느꼈다. 나에게는 그녀의 흐느낌이 그치지 않을 것처럼 생각되었지만, 다른 사람들에게는 들리지도 않는 모양이었다. 그들은 침울한 표정으로 힘없이 앉아 있었다. 그들의 흐린 시선은 관이라든지, 지팡이라든지 하는 것 따위에 멎어 있었다. 여자는 여전히 훌쩍이고 있었다. 그렇게 슬퍼하는 사람을 내가 알아보지 못한다는 것이 이상하게 느껴졌다. 나는 그 울음소리가 귀에 거슬렸다. 그렇다고 울음을 그치게 할 순 없었다.

관리인이 그녀에게 가서 무슨 말인가를 했다. 그러자 그녀는 고개를 저으며 뭐라고 중얼거리고는 다시 울기 시작했다. 관리인은 내 곁으로 와 조용히 말했다.

"저 노인은 어머님과 매우 가깝게 지냈답니다. 유일한 벗이었는데 이제는 그야말로 외톨이가 되고 말았다며 울음을 그치지 못하는군요."

우리들은 그렇게 오랫동안 앉아 있었다. 그녀의 흐느낌도 뜸해졌다. 그녀는 몹시 훌쩍이더니 마침내 울음을 그쳤다. 나는 졸리지는 않았으나 허리가 뻐근하고 피곤했다.

함께 있기가 거북한 사람들과의 침묵이 있을 뿐이었다. 가끔 이상한 소리가 들렸는데, 처음에는 무슨 소리인지 전혀 알 수 없었다. 나중에 알고 보니, 어떤 노인이 볼 안쪽을 빨아서 이상한 소리를 만들어 내는 것이었다. 사람들은 그런 소리에도 무감각했다. 저마다 깊은 생각에 잠겨 있기 때문일 것이다. 나는 그들 앞의 시체가 그들에게 아무런 느낌도 주지 못하고 있다는 느낌을 받았다. 그러나 다시 생각해 보니, 그것은 잘못된 생각인 것 같았다.

우리는 관리인이 따라 주는 따뜻한 커피를 마셨다. 그렇게 밤은 깊어지고 있었다.

내가 눈을 떴을 때는 모두가 쭈그린 채 잠이 들어 있었으며, 한 사람만이 지팡이를 쥔 손에 턱을 괴고 마치 내가 깨기를 기다리고 있기라도 했다는 듯 나를 빤히 바라보고 있었다.

나는 얼핏 잠들었다가 허리가 몹시 아파 눈을 떴다. 창밖으로 날이 밝아오고 있었다. 잠시 후, 한 노인이 잠에서 깨어 기침을 했다. 그는 바둑무늬가 있는 손수건에 가래를 뱉었다. 그것은 뱉는다기보다 목구멍 속에서 잡아 뽑는 것 같았다. 그 소리로 인해 다른 사람들도 눈을 떴다. 그러자 관리인은 갈 시간이 되었다고 알려주었다. 그들은 일어섰다. 고달픈 밤샘으로 모두들 얼굴이 잿빛으로 여위었다.

그들은 방문을 나서면서 내게 악수를 청했다. 참으로 놀라운 일이었다. 서로 말 한마디 주고받지 않았으면서도, 그날 밤, 그 침묵의 시간이 서로를 가깝게 만들어 준 것만 같았다.

나는 피곤했다. 관리인이 자기 방으로 안내해 주어 간단히 세수를 할 수 있었다. 커피를 마셨는데 맛이 매우 좋았다. 밖에는 이미 해가 높이 떠 있었다. 바다와 마랑고 사이의 언덕 위 하늘에 붉은 빛이 하나 가득 퍼져 아름다웠다. 언덕 위로 소금기 있는 바람이 불어왔다. 나는 오랫동안 교외에 나와 보지 못했으므로 어머니의 장례식만 아니었다면 지금 이 순간이 얼마나 좋았을까, 하는 생각을 하였다.

나는 뜰의 플라타너스 밑에서 잠시 때를 기다렸다. 신선한 흙냄새를 맡아서인지 몸이 가벼웠다. 회사 동료들 생각이 났다. 지금 이 시간이면 출근하기 위해 자리에서 일어나야 할 것이다. 언제나 잠자리를 박차고 일어나는 것은 어려운 일이었다. 나는 그런 생각에 잠겨 있다가 문득 집안에서 들려오는 종소리에 다시금 내가 어디에 있는지를 깨달았다. 종은 한동안 요란스럽게 울려 대더니 다시 잠잠해졌다. 해는 더 높이 떠올랐다.

수위가 와서 원장이 찾는다고 일러주었다. 나는 원장실로 가 원장이 하라는 대로 여러 서류에 서명을 했다. 그는 전화기를 손에 든 채 물었다.

"방금 장의사 사람들이 왔습니다. 관을 덮어야겠는데, 그 전에 한 번 더 어머님을 보지 않으시겠습니까?"

나는 보고 싶지 않다고 했다. 원장은 목소리를 낮추어 일렀다.

"퓌자크, 인부들에게 일을 시키게나."

그러고는 장례식에 참석하겠다고 내게 말했다. 나는 고맙다고 했다. 원장은 책상 위에 걸터앉아 짧은 다리를 포개며 우리 두 사람 외에 당번 간호사도 참석하게 될 것이라고 덧붙였다.

원칙적으로 양로원에 있는 노인들은 장례식에 참석할 수 없지만 그 전날 밤을 지새우는 일만은 허락되었다.

"그건 인정의 문제이지요."

원장은 이렇게 말한 뒤에, 그러나 이번만은 특별히 어머니와 절친한 친구였던 토마 페레라는 노인에게 장지까지 따라가는 것을 허락했다고 말했다. 원장은 빙그레 웃음 지으며 말을 이었다.

"그야 좀 어린애 같은 감정이지요. 그와 어머님은 늘 같이 있었습니다. 사람들이 페레에게 '당신의 약혼자로군.'하고 놀릴 정도였으니까요. 그러면 페레는 웃음을 짓곤 했답니다. 그들은 그런 말을 듣는 걸 좋아했어요. 그러니 어머님이 세상을 떠난 것이 슬플 수밖에요. 그래서 장례식에 참석하도록 허락한 것입니다. 그러나 왕진 의사의 권고대로 어젯밤의 밤샘은 못하도록 했습니다."

원장은 일어서서 창밖을 내다보았다.

"마랑고 교부님이 벌써 오시는군. 참 부지런하셔."

그는 마을에 있는 교회까지 가는 데 40여 분은 걸릴 거라고 알려주었다. 빈소가 있는 건물 앞에는 신부와 복사 아이 둘이 서 있었다. 한 아이는 향로를 들고 있었는데, 신부는 은줄의 길이를 조절하려고 그에게로 허리를 굽히고 있었다. 우리가 다가가자 신부는 몸을 세웠다.

그는 나를 '아들'이라고 부르면서 몇 마디 말을 건넸다. 그러고는 안으로 들어갔다. 나는 그의 뒤를 따랐다.

방 안에는 관이 하나, 인부 네 명이 있었다. 영구차가 기다리고 있다는 원장의 말이 들렸다. 그와 동시에 신부가 기도를 시작했다. 그 후로는 모든 것이 신속하게 진행되었다. 인부들은 큰 보자기를 들고 관 앞으로 나섰고, 신부와 그를 따르는 복사 아이들, 그리고 나와 원장은 밖으로 나왔다. 문 앞에 낯선 여인이 서 있었다.

"뫼르소 씨입니다."

원장이 말했다. 나는 그 여인의 이름을 듣지 못하였고, 다만 그녀가 당번 간호사임을 알았을 뿐이다. 그녀는 무표정하게 뼈가 드러난 길쭉한 얼굴을 숙였다. 우리는 관이 지나갈 수 있도록 비켜섰다. 인부들을 따라 양로원을 나오니 문 앞에 영구차가 기다리고 있었다. 검은 옻칠을 하여 번쩍거리는 영구차 앞에는 자그만 키에 괴상한 옷차림을 한 십장(什長)이 서 있었다. 그 외에, 행색이 전혀 어울리지 않는 노인 한 사람이 있었다. 나는 그가 페레 씨임을 곧 알 수 있었다.

그는 꼭대기가 둥글고 챙이 널찍한 소프트 모자를 쓰고, 바지는 구겨져 늘어진 차림이었고, 크고 흰 칼라가 달린 셔츠에는 어울리지 않게 작고 검은 넥타이를 매고 있었다. 주근깨가 난 코 밑의 입술은 경련이 일었고 가느다란 머리카락은 축 늘어져 테두리가 못생긴 귀 아래로 흘러내렸다. 창백한 얼굴과는 반대로 새빨간 귀는 무엇보다도 눈에 띄었다.

십장이 우리에게 자리를 정하여 주었다. 신부가 앞장서고 다음에 영구차, 그 주위에는 네 명의 인부 그 뒤로 원장과 나, 끝으로 당번 간호사와 페레 씨가 따랐다.

하늘에는 벌써 햇빛이 가득 차 있었다. 햇볕은 땅위로 쏟아져 내려와 더위의 기세에 힘을 더했다. 나는 검은 옷을 입고 있었으므로 몹시 더웠다. 모자를 썼던 노인은 모자를 벗었다. 내가 그에게로 눈길을 돌리자 원장이 그의 이야기를 들려주었다. 어머니와 페레 씨는 저녁마다 간호사와 함께 마을까지 산책을 하곤 했다는 것이었다.

나는 주위의 벌판을 바라보았다. 하늘 아래에 언덕까지 잇닿은 아이프레스 나무숲이며, 검붉고 푸른 땅, 드문드문 떨어져 있는 그림 같은 집들을 통하여 나는 어머니의 심경을 짐작할 수 있었다. 이곳에서 보내는 저녁 시간은 한없이 서글픈 휴식과도 같았을 것이다. 대기에 넘쳐나는 햇빛으로 인해 가물거리는 풍경은 보기에도 허망하고 탄식이 절로 나왔다.

우리 일행은 길을 재촉했다. 나는 페레 씨가 다리를 약간 절고 있음을 알았다. 영구차의 속도가 빨라지자 영감은 점점 뒤처졌다. 인부 한 사람이 뒤처져 나와 나란히 걸어오고 있었다. 나는 태양이 하늘로 그렇게 빨리 떠오르는 것을 보고 놀랐다. 벌판에는 벌써 오래전부터 벌레가 윙윙거리고 풀잎들이 바스락거렸다. 뺨 위로 땀이 흘러내렸다. 모자를 쓰지 않은 나는 손수건으로 부채질을 했다. 옆에서 걸어가던 인부가 뭐라고 말을 건넸으나 알아듣지 못했다. 그는 오른손으로 모자챙을 들어 올리고 왼손에 들고 있던 손수건으로 이마를 닦았다. 나는 그에게 물었다.

"뭐라고 그러셨죠?"

그는 하늘을 가리키며 말했다.

"지독하게도 내리쬡니다."

"예."

나는 그렇게 대답했다. 잠시 후, 그는 다시 물었다.

"어머님이 세상을 떠나셨나요?"

나는 또 "예."라고 대답했다.

"연세가 많으셨습니까?"

"예, 꽤 오래 사셨지요."

나는 어머니의 나이를 정확하게 몰라서 그렇게밖에 대답할 수가 없었다. 그러자 그는 침묵을 지켰다. 뒤를 돌아보았더니 페레 영감은 약 50미터쯤 떨어져 따라오고 있었다.

그는 모자를 벗어 들고는 팔을 크게 휘저으며 걸음을 재촉했다.

나는 눈을 돌려 원장을 보았다. 그는 불필요한 몸짓이 전혀 없이 점잖게 걷고 있었다. 이마에는 송글송글 땀이 맺혀 있었으나 닦으려 하지도 않았다.

햇빛은 점점 더 강하게 내리쬐었다. 견딜 수 없을 지경이었다. 일행은 새로 포장된 길로 접어들었다. 끈적끈적하게 발이 빠져 여간 불편한 게 아니었다. 영구차 위로 드러나 보이는 마부의 가죽모자는 마치 검은 진창 속에서 만들어진 것 같았다.

푸릇푸릇한 하늘의 그 단조로운 색감, 거무스름한 옷 빛깔, 옻칠한 영구차의 까만 빛깔 사이에서 나는 정신이 흐려졌다. 따가운 태양의 빛, 가죽 냄새와 영구차의 말똥 냄새, 옻 냄새, 향냄새, 지난밤 잠을 이루지 못한 피로감, 이러한 모든 것이 나의 눈과 머리를 어지럽게 만드는 것이었다. 나는 또 뒤를 돌아봤다. 구름처럼 드리운 무더운 공기 속으로 페레 씨가 까마득하게 나타났다가는 사라졌다. 자세히 보니 길을 벗어나 벌판을 가로질러 가는 것이 보였다. 페레 씨는 이 고장 지리를 잘 아는 터라 우리들을 따라오려고 지름길로 접어든 것이다. 길이 구부러진 곳에 이르렀을 때, 그는 우리를 따라잡았다. 잠시 후엔 또 보이지 않았다. 그는 다시 벌판을 가로질러 갔으며 그와 같은 행동을 여러 차례 되풀이했다. 나는 관자놀이의 핏줄이 굵어짐을 느꼈다.

그 후로는 모든 것이 너무나도 급속하고 순조롭게, 또 자연스럽게 진행되었으므로 아무것도 기억에 남아 있지 않았다. 단지 기억에 남는 것은 당번 간호사가 얼굴과는 어울리지 않는 아름답고 떨리는 음성으로 들려준 말이었다.

"천천히 걸으면 더위를 먹을 염려가 있고, 그렇다고 너무 빨리 가게 되면 땀이 나서 좋지 않아요. 교회 안에 들어가면 오한이 나게 되니까요."

사실이었다. 그러나 어찌할 도리가 없었다.

그 외에도 몇 가지 광경이 머릿속에 남아 있다. 가령 페레 씨가 마지막으로 마을 근처에서 우리들을 따라잡았을 때의 그 표정과 같은 것이었는데, 그의 얼굴은 흥분과 슬픔의 눈물로 얼룩져 있었다. 그러나 깊은 주름 때문에 눈물이 흘러내리지 않았다. 눈물은 맺혔다가 그 주름 속에서 자취를 감추었다. 또 기억되는 것으로는 교회와 보도에 서 있던 마을 사람들, 무덤 위에 피어난 제라늄, 페레 씨의 기절한 모습, 마치 인형이 분해되어 쓰러진 듯했다. 어머니의 관 위로 굴러 떨어지는 붉은 흙, 그 속에 함께 묻히던 흰 나무뿌리, 또 사람들의 목소리, 어느 카페 앞에서 기다리던 일, 쉴 새 없이 들리는 엔진 소리, 그리고 버스가 마침내 깨끗한 알제리 시가지에 도착해서 이제는 잠을 실컷 잘 수 있겠구나 하고 생각했을 때의 안도감 같은 것들이다.

2

나는 긴 잠에서 깨어났다. 눈 뜨자마자 곰곰이 생각해본 결과, 이틀 동안의 휴가를 청하는 내게 사장이 못마땅한 표정을 지은 이유를 알게 되었다. 바로 오늘이 토요일이었던 것이다.

사장은 내가 일요일까지 나흘간 쉬게 될 것이 언짢았던 것이다. 그건 내 탓이 아니다. 그렇다고 어머니의 장례 날짜를 바꿀 순 없는 일 아닌가. 또 나는 어차피 토요일과 일요일은 쉬게 되었을 텐데. 물론 그렇다고 해서 사장의 입장을 이해 못 하는 건 아니지만.

피로가 덜 풀렸는지 몸이 아직도 뻐근했다. 면도를 하면서 오늘은 뭘 할까 생각한 끝에 해수욕을 하기로 결정했다. 항구의 해수욕장으로 가는 전차를 탔다. 해수욕장엔 이미 젊은이들이 붐비고 있었다. 나는 곧 바닷물 속으로 뛰어들었다.

전에 우리 회사의 타이피스트였던 마리 카르도나도 보였다. 당시 나는 그녀에게 호감을 가졌었다. 그녀도 마찬가지였던 것 같았다. 그러나 그녀가 회사를 그만두는 바람에 교제할 기회를 놓치고 말았던 것이다.

나는 그녀가 부대(浮袋) 위로 오르는 것을 도와주었다.

그때 내 손이 그녀의 가슴 언저리를 스쳤다. 그녀가 부대 위에서 배를 깔고 엎드렸을 때, 나는 물속에 있었다. 그녀는 내 쪽으로 몸을 돌렸다. 눈 옆으로 흘러내린 머리카락 사이로 나른한 눈웃음이 보였다. 나도 그 부대 위로 올라갔다. 왜 그런지 그저 좋았다. 나는 장난을 하는 것처럼 머리를 뒤로 젖혀 그녀의 배 위에 머리를 뉘었다. 그녀가 잠자코 있었기 때문에 한참을 그대로 있었다. 나는 넓은 하늘을 바라보았다. 하늘은 온통 황금빛으로 물들어 있었다.

마리의 배가 들먹였고 그 느낌이 내 목덜미를 부드럽게 더듬는 것처럼 느껴졌다. 우리는 오랫동안 부대 위에 누워 있다가 깜박 잠이 들었다. 햇빛이 너무 뜨거워지자 마리가 물속으로 뛰어들었고 나도 그녀의 뒤를 따랐다. 곁으로 다가가서 팔로 허리를 감고 함께 수영을 했다. 마리는 즐거워했다. 우리가 물가로 나와 몸을 말릴 때, 그녀는 말했다.

"내 피부가 더 많이 탔네요."

나는 저녁에 영화를 보러 가자고 말했다. 그녀는 미소를 지으며 페르낭델이 주연하는 영화를 보고 싶다고 했다. 우리가 옷을 다 입었을 때 그녀는 나의 검은 넥타이를 보고 놀라며 누가 돌아가셨냐고 물었다. 나는 어머니가 세상을 떠나셨다고 말했다. 언제인지를 알고 싶어 하는 눈치이기에 '어제'라고 알려주었다. 그녀는 조금 놀라는 눈치였다. 또한 그것은 내 탓이 아니라고 말하려 했으나, 사장에게도 그런 말을 했으므로 그만두었다. 그런 말을 해봤자 아무 소용없는 일이다. 어찌됐든 사람이란 누구나 조금씩의 잘못을 늘 저지르며 살아가는 법이니까.

저녁이 되자 마리는 마냥 즐거워했다. 영화는 때로는 우습기도 했지만 너무나 싱거웠다. 마리는 내 다리에 자기의 다리를 기댔다. 나는 그녀의 젖가슴을 어루만졌다. 영화가 끝날 무렵에는 서툴렀지만 키스도 했다. 영화관을 나와 우리는 나의 집으로 왔다.

내가 달콤한 잠에서 깨어났을 때, 마리는 이미 자리에 없었다. 마리는 아주머니에게 가 봐야 한다고 미리 말했었다. 그날이 일요일임을 알고 기분이 언짢아졌다. 뒤척이다가 마리의 베개에서 마리의 머리카락을 발견했다. 나는 머리카락에서 소금 냄새를 더듬으며 10시까지 더 잤다. 잠이 깨어 담배를 피우며 12시까지 게으름을 피웠다. 나는 평소처럼 셀레스트의 레스토랑에 가서 식사를 하고 싶지 않았다. 왜냐하면 사람들이 이것저것 귀찮게 묻는 것에 대꾸하기 싫었기 때문이다. 나는 계란 프라이를 빵도 없이 접시에 입을 대고 먹었다. 빵을 사러 가기 귀찮았던 것이다.

그즈음 나는 무료했다. 나는 집 안을 서성거렸다. 이 집은 어머니가 계실 때는 살기에 적당한 넓이였으나 지금 나 혼자 쓰기엔 너무 크다. 식당의 테이블을 내 방으로 갖다놓았다. 내 방에는 약간 찌그러진 의자들과 유리가 누렇게 된

옷장과 화장대, 그리고 구리 침대가 놓여 있다. 그 외의 것들은 모두 내팽개친 상태다.

나는 무료함을 달래기 위해 날짜가 지난 신문을 읽기 시작했다. 크뤼센 소금 광고를 오려서 스크랩북에 붙였다. 그러고 나서 손을 씻고는 발코니로 나가 앉았다. 내 방은 교외의 큰 거리에 인접해 있다. 오후의 날씨는 화창했다. 그러나 길거리는 눅눅했고, 행인들이 틈틈이 바쁘게 오가고 있었다. 바지가 무릎 밑까지 내려온 해군복을 입고 풀기가 빳빳하여 어색해 보이는 두 소년, 커다란 리본을 달고 칠피 구두를 신은 소녀, 그 뒤로 자주색 옷을 입은 뚱뚱한 어머니와 훤칠한 키의 아버지가 따르고 있었다. 그 사나이의 얼굴은 내 눈에도 익었다. 그는 나비 모양의 끈이 달린 밀짚모자를 쓰고 손에는 지팡이를 짚고 있었다. 동네 사람들이 그를 보고 신수 좋은 사람이라고 하는 이유를 알 것 같았다. 잠시 후엔 교외에 사는 젊은이들이 지나갔다. 그들은 모두 머리에 기름을 바르고 붉은 넥타이에 허리를 졸라 맨 상의, 수를 놓은 포켓, 코가 네모진 구두 그러한 차림새였다. 나는 그들이 시내로 영화 관람을 하러 가는 길임을 짐작할 수 있었다. 그 때문에 그들은 일찌감치 집을 나서서 유쾌하게 떠들면서 전차를 타려고 서두르는 것이었다.

그들이 지나간 뒤에 거리는 인기척이 없어졌다. 조금 더 쓸쓸해졌다. 이제는 극장마다 영화가 시작된 모양이었다. 한적한 길에는 가게를 보는 주인들과 고양이들만이 있을 뿐이었다. 가로수 위로 보이는 하늘은 맑았으나 별다른 윤택함은 없었다. 맞은편 담배 가게 주인은 의자를 문 앞에 내다 놓고는 등받이에 두 팔을 괴고 거꾸로 앉아 있었다. 조금 전까지만 해도 붐비던 전차들이 지금은 거의 비었다. 담배 가게 옆의 조그만 카페 피에로에서는 웨이터가 텅 빈 홀을 쓸고 있었다. 다소 한가로운 일요일이었다.

나도 의자를 돌려서 담배 가게 주인처럼 앉았다. 그렇게 하는 것이 편해 보였기 때문이다. 나는 담배를 두 대 피우고 나서 방 안으로 들어가 초콜렛을 한 조각 가지고 창 앞으로 돌아와 먹었다.

하늘이 좀 어두워지는 것으로 보아 소나기가 올 것 같더니만 다시 맑아지고 있었다. 그래도 구름이 지나가며 길 위에 비를 예고하는 듯 빛을 머금어 거리는 어스름이 내리고 있었다. 나는 오랫동안 하늘을 바라보았다.

5시가 되자 전차들이 요란한 소리를 내며 달려왔다. 야외 경기장에서 구경꾼들을 잔뜩 싣고 온 모양이다. 승객들은 발판이며 난간에까지 매달려 있었다. 다음 전차는 운동선수들을 싣고 왔다. 손에 든 보스턴백으로 미루어 운동선수들이 틀림없었다. 그들은 고함을 지르며, 우리 팀은 결코 패하지 않을 것이라고 목청 돋우어 노래했다. 그중 한 사람은 나를 가리키며 "우리가 이겼어!" 하고 소리치기도 하였다. 나는 머리를 끄덕여 '알겠다'는 표시를 했다. 그 이후 버스들이 몰려오기 시작했다.

해는 조금 더 기울어진 것 같았다. 저녁이 가까워지자 거리는 활기를 띠었다. 다시 행인들이 점점 많아졌다. 사람들 속에서 그 신수 훤한 사나이가 눈에 띄었다. 어린애들은 울거나 혹은 손목을 잡혀 끌려오고 있었다. 뒤이어 동네의 영화관에서도 사람들이 쏟아져 나왔다. 그중에 젊은이들은 여느 때보다 굳은 결심이라도 한 듯한 표정이었다. 미루어 생각건대 활극영화를 본 것이려니. 시내 영화관으로부터 돌아오는 사람들은 조금 뒤에 오기 시작했다. 그들은 앞에 간 구경꾼들보다 좀 심각해 보였다. 아직도 웃고는 있으나 그것은 그렇게 보일 뿐이었고, 피로에 젖어 무슨 생각에 잠겨 있는 것 같았다. 그들은 맞은편 인도 위를 서성거렸다. 동네의 젊은 여자들은 모자도 쓰지 않고 서로 팔짱을 낀 채 걸어오고 있었다. 젊은이들이 그들을 향해 짓궂은 농담을 던지자 여자들은 외면하며 킬킬거렸다. 그중에서 나와 안면이 있는 몇몇 여자들은 나에게 손짓을 했다. 그때 갑자기 가로등이 켜지며 어둠 속에 반짝이기 시작했던 별들이 불현듯 흐려졌다. 그처럼 사람들과 빛깔이 가득한 인도를 바라보고 있자니 눈에 피로가 왔다.

가로등은 젖은 거리를 비추고, 일정한 간격을 두고 지나가는 전차들과 번쩍거리는 행인의 머리카락이며 웃음을 띤 얼굴, 혹은 손목시계 위에 불빛을 던지는 것이었다.

잠시 후, 전차들의 운행 간격이 뜸해지면서 나무들과 가로등 위에 밤의 장막이 서서히 내려앉게 되자, 사람들은 하나둘 모습을 감추었다. 마침내 다시 쓸쓸해진 길을 밤 고양이가 천천히 건너가는 시간이 되었다.

그때쯤 나는 저녁을 먹어야겠다는 생각이 들었다. 오랫

동안 의자 등받이에 턱을 괴고 있었기에 목이 뻐근했다. 나는 빵과 젤리를 사 가지고 올라 와 손수 요리를 해 먹었다. 그러고는 창가로 가서 담배를 피우려고 했으나 바람이 싸늘했다. 나는 창문을 닫고 방으로 돌아오며 거울 속에 알콜 램프와 빵 조각이 놓여 있는 테이블 한 모서리가 비쳐 있는 것을 보았다.

일요일이 또 지나갔으며 어머니의 장례식도 끝났다. 내일부턴 다시 일을 시작해야 한다. 결국 아무것도 달라진 건 없었다.

3

나는 오늘 과중한 업무를 수행했다.

사장은 퍽 친절한 태도를 보였다. 그는 나에게 피곤하지 않느냐고 물었고 어머니의 나이를 알고 싶어 했다. 나는 확실한 나이는 모르고 있었으므로 한 60세가량 되셨다고 대답했다. 무슨 이유인진 모르겠으나 사장은 한시름 놓았다는 듯한, 그리고 그것은 이미 지나간 일이라고 생각하는 것 같은 표정을 지었다. 나는 책상 위에 잔뜩 쌓인 서류 뭉치를 일일이 읽어 보아야 했다.

점심 식사를 하러 회사를 나오기 전에 먼저 손을 씻었다.

손을 씻는 정오를 나는 좋아했다. 저녁 때에는 수건이 축축해서 기분이 언짢아지기 때문이다. 하루 종일 한 장의 수건만을 사용하니까. 나는 그러한 애로사항을 사장에게 이야기한 적이 있다. 사장도 그것을 유감스럽게 생각하지만 별로 문제될 것은 아니라고 말했다. 나로서는 어쩔 수가 없었다.

나는 조금 늦은 12시 30분에 운송과에서 일하는 에마뉘엘과 함께 밖으로 나왔다. 우리는 햇볕이 뜨겁게 내리쬐는 항구에 머물러 있는 화물선을 바라보았다. 그때 요란한 소리를 내며 화물차가 달려왔다. 에마뉘엘이 나에게 한쪽 눈을 찡긋했다. 우리는 우리 앞을 스쳐지나가는 화물차를 향해 뛰기 시작했다. 전속력으로. 내게는 마구 줄달음질하는 그 순간 육체의 떨림만이 가장 중요하게 느껴졌다. 내가 먼저 차에 매달려 뛰어올랐다. 곧이어 에마뉘엘이 기어오르는 것을 도왔다. 우리는 한동안 헐떡거렸다. 화물차는 부두의 고르지 못한 보도 위로 먼지가 자욱한 햇빛 속을 흔들거리며 달리고 있었다. 우리는 한바탕 웃음을 터뜨렸다.

우리는 땀을 뻘뻘 흘리며 셀레스트의 레스토랑에 도착했다. 여느 때와 마찬가지로 흰 수염을 기른 셀레스트는 뚱뚱한 배에 앞치마를 두르고 있었다. 그는 나에게 상심하지 말라고 위로의 말을 했다. 나는 고맙다고 대답하고 배가 고프니 음식을 빨리 가져오라고 했다. 나는 허겁지겁 식사를 하고 커피를 마셨다.

오후 내내 열심히 일했다. 회사 안은 몹시 더웠다. 퇴근길에 부둣가를 따라 천천히 걸으면서 돌아오는 길은 유쾌하였다. 하늘은 푸르고 마음은 즐거웠다. 나는 삶은 감자를 요리해 먹으려고 곧바로 집으로 돌아왔다. 어두컴컴한 계단을 오르다가 나와 같은 계단의 이웃에 사는 살라마노 영감을 만났다. 영감은 개를 데리고 있었는데 벌써 8년 전부터 항상 같이 다녔다. 그 스패니얼 종의 개는 홍버짐이란 피부병이 있어 털이 거의 다 빠지고 온몸이 벌건 껍질과 딱지투성이가 되어 있었다. 그 개와 단둘이 오랜 세월 살아온 탓인지 영감은 개의 모습을 닮고 있었다. 그의 얼굴에는 불그스름한 딱지가 있을 뿐만 아니라 누런 털이 엉성하게 나 있었다. 개는 목을 뻗치고 코끝을 앞으로 내밀고는, 허리가 구부정한 주인과 같은 자세를 취하고 있었다. 표면적으로 볼 때, 그들은 아무래도 한통속 같은데도 서로 미워하는 투였다.

영감은 하루에 두 번씩, 오전 11시와 오후 6시에 개를 데리고 산책을 한다. 8년 전부터 한 번도 산책 경로를 바꿔 본적이 없었다. 개는 살라마노 영감을 잘 끌고 가다가도 번번이 영감의 발부리를 땅에 걸리게 하고 만다. 그러면 영감은 개를 때리고 욕설을 내뱉는다. 개는 무서워서 벌벌 떨며 끌려갔다. 반대로 영감이 개를 끌고 가는 것이다. 개가 맞는 것을 잊으면 다시금 앞장서서 주인을 끄는데, 그러면 으레 또 매를 맞고 욕을 얻어먹는 것이다. 그때는 둘이 멈추어서서 개는 공포에 떨고, 영감은 화가 나서 노려보곤 한다. 늘 그 모양이었다.

셀레스트는 늘 개가 가엾다고 하지만 그들의 사정을 아는 사람은 아무도 없다. 내가 계단에서 그를 만났을 때, 살라마노는 개에게 욕설을 퍼붓고 있었다.

"빌어먹을! 망할 놈 같으니라구!"

살라마노의 호통에 개는 끙끙거리기만 했다.

"안녕하십니까?"

내가 인사를 하였으나 영감은 계속 욕설을 내뱉고 있었다.

개가 무슨 잘못을 저질렀느냐는 나의 질문에도 영감은 대꾸 않고 개만 꾸짖었다. 그러고는 개를 잡아끌고 가버렸다.

바로 그때, 나와 같은 계단에 사는 또 다른 이웃 사람이 들어왔다. 동네에서는 그가 여자들의 돈을 긁어서 먹고 산다는 소문이 나 있었다. 그러나 그에게 직업을 물으면 '창고 감독'이라고 대답을 하는 것이다. 대부분의 사람들은 그를 별로 좋아하지 않았다. 그러나 간혹 그는 나에게 말도 걸고 또 내가 그의 말을 받아주는 탓으로 내 방에 잠깐 들어와 앉는 경우도 있었다. 나는 그의 얘기를 재미있게 듣곤 했다. 그와 말하지 않을 이유가 전혀 없었던 것이다.

그의 이름은 레이몽 생테스, 작달막한 키에 어깨가 떡 벌어지고 권투선수의 코를 닮았다. 옷차림은 항상 말쑥했다. 그도 역시 살라마노 영감을 불쌍하게 생각한다고 했다. 그러면서 나에게 그 꼴을 보는 것이 지겹지 않느냐고 물었다. 나는 뭐 별로 그렇지도 않다고 대답했다.

계단을 다 올라와서 헤어지려 하는 참에, 그가 나에게 말했다.

"저희 집에 소시지와 술이 있는데 같이 한잔 안 하시겠습니까?"

　그러면, 따로 식사 준비를 하지 않아도 될 것 같아 흔쾌히 그 제안을 수락했다. 그의 집 구조도 방이 하나에 창문 없는 작은 부엌이 딸려 있을 뿐이었다. 그의 침대 위에는 불그스름한 석고로 만든 천사 조각상, 운동선수들의 사진, 여자의 나체 그림 서너 장이 걸려 있었다. 마구 어지럽혀진 침대하며 방 안은 지저분했다. 그는 먼저 램프를 켠 후에 붕대 하나를 꺼내어 오른손을 싸맸다. 다쳤냐고 묻자 웬 녀석이 시비를 걸어 싸움을 했다고 했다.

　"있잖아요, 뫼르소 씨."

　그는 계속 말을 이었다.

　"내가 마음이 나빠서가 아니라 성미가 급하기 때문이지요. 녀석이 나에게 '사나이라면 전차에서 내려라.' 하지 않겠어요. 그래서 나는 '괜한 소리 지껄이지 마.' 하고 말했죠. 그랬더니 날더러 사나이답지 못하다는 거예요. 그래서 내렸지요. '그만하지 그래? 그렇지 않으면 혼꾸멍이 날 줄 알아.' 하고 말했지요. '혼꾸멍이 나다니!' 녀석이 이렇게 대꾸하더군요. 그래서 내가 한 대 때렸지요. 나자빠지길래 일으켜주려고 했더니 아, 글쎄 녀석이 자빠진 채로 발길질을 해대지 않겠어요. 그래서 나는 무릎으로 찍어 누르고 두어 번더 갈겼지요. 녀석의 얼굴은 피투성이가 되었어요. 내가 '그만큼 혼이 났으면 됐느냐?' 하고 묻자 '그렇다.'고 대답하더군요."

생테스는 그런 말을 하면서 붕대를 감고 있었다. 나는 침대 위에 걸터앉아 얘기를 듣고 있었다. 그는 다시 말을 이었다.

"그러니까 내가 먼저 시비를 건 것은 아니었죠. 그저 그녀석이 버릇없이 굴다가 혼이 난 거죠."

그것은 사실이었다. 나는 그 사실을 인정해주었다. 그러자 그는 그 일에 대하여 나의 충고를 듣고 싶어 했다. 그리고 나는 남자다워서 세상물정에 밝을 것이니 자기를 도와줄 수 있을 것이라면서 친구로 지내자고 하였다. 내가 잠자코 있자 그는 재차 친구가 되어주지 않겠느냐고 물었다. 내가 그렇게 해도 괜찮다고 하자 그는 만족해하는 표정을 지었다. 그는 소시지를 꺼내어 화덕에다 굽고, 컵, 접시, 스푼 그리고 술 두 병을 내놓았다. 우리는 테이블 앞에 앉았다. 그는 잠시 망설이는 듯하더니, 마침내 이야기를 시작하였다.

"여자를 사귀었어요. 이를테면 나의 정부였지요."

그와 싸운 사내는 그 여자의 오빠라는 것이었다. 그가 여자의 살림을 돌봐주었다는 말도 하였다. 나는 잠자코 듣고만 있었다. 또 동네 사람들이 자기를 뭐라고 하는지 알고 있지만, 자기는 양심에 거리낄 게 조금도 없는 창고 감독이라는 것이었다.

"그런데 말이지요. 내가 여자에게 속고 있다는 것을 알게 됐지요."

그는 여자의 방세를 내주고 식사비로 하루에 20프랑씩 줬다는 것이다.

"방세가 300프랑, 식비가 600프랑, 때때로 양말도 사주어야지요. 이럭저럭 월 1,000프랑 정도는 드는 셈이죠. 그런데 그 계집은 놀고먹으면서 내게 한다는 소리가, 그것으로는 겨우 입에 풀칠만 할 정도이지 생활하기엔 턱도 없이 부족하다는 것이었어요. 그래서 나는 말했죠. '반나절만이라도 일을 하지 그래. 그러면 내 부담도 한결 덜어질 텐데.

이번 달에 필요한 것은 모두 사주었고 하루에 20프랑씩 용돈도 주고, 방세도 치러 주었잖아. 그리고 당신은 오후에 친구들과 커피도 마시잖아. 당신 친구들에게 커피와 설탕을 내어놓는 것은 당신이지만 돈은 내가 주지 않소. 난 당신한테 할 만큼은 하는데 당신은 내게 그렇지가 못하단 말이오.' 그래도 일할 생각은 않고 생활할 수 없노라고 투정만 부리는 거였어요. 그러던 중에 내가 그 계집의 속임수에 걸려든 것이라는 걸 깨닫게 된 겁니다."

셍테스는 여자의 핸드백에서 복권을 한 장 발견했는데 여자가 그것을 어떻게 샀는지 말을 않더라는 것이었다. 그리고 여자의 방에서 전당포 쪽지도 발견했는데 내용을 보면 팔찌 두 개를 저당 잡힌 것이 분명했다. 그때까지 그는 여자에게 팔찌 따위가 있는 줄도 모르고 있었다고 했다.

"나는 속고 있음이 분명했어요. 그래서 나는 그 계집과의 관계를 청산하기로 작정했지요. 그러고는 마구 때려 줬어요. 욕설과 함께 내 마음속에 품고 있던 것을 사실대로 털어놓으면서 말이지요. '네가 내게서 받는 행복을 부러워하는 사람은 많다. 너도 좀 있으면 지난날의 행복을 그리워하게 될 것이다.' 하고 엄포를 놓았지요.”

그는 피가 나도록 여자를 때려 주었다고 했다. 그 전에는 여자에게 손찌검을 한 적이 없다는 것이었다.

“전혀 손을 대지 않은 것은 아니지만, 이를테면 다정하게 툭툭 건드리는 정도였지요. 그러면 그 계집은 소리를 지르곤 했지요. 나는 문을 쾅 닫아 버리고, 결국은 늘 그런 정도에서 끝이 나곤 했습니다. 그렇지만 이번엔 달라요. 나로서는 그 계집을 단단히 혼을 내놓지 않고는 견딜 수가 없었거든요.”

그는 나에게 그러기 때문에 충고가 필요하다고 말하였다. 그는 그을음이 나는 램프 심지를 조절하기 위해 자리에서 일어섰다. 나는 줄곧 그의 얘기를 듣고만 있었다. 술은 거의 한 병이나 마셨기 때문에 얼굴이 화끈거렸다. 내 담배가 떨어져서 레이몽의 담배를 피웠다.

그는 계속 이야기를 늘어놓았다.

곤란한 일은 레이몽이 아직도 그 여자의 육체에 미련을 갖고 있다는 점이었다. 그렇지만 혼은 내야겠다는 것이다. 그는 먼저 여자를 호텔로 끌고 가서 풍기단속 순경을 불러

다가 스캔들을 알려 여자의 이름을 리스트에 올려 버리겠다고 하였다.

다음엔 그의 난봉꾼 친구들에게 조언을 구하였다. 그들은 여자의 얼굴을 긁어 버리라고 얘기했다는 것이다. 그러나 그는 그렇게 하고 싶진 않았다. 그는 좀 더 생각할 시간을 가져야겠다는 것이었다.

나는 또 술을 마셨다. 그는 담배에 불을 붙이고 나서 자기의 생각을 털어놓았다. 그는 여자에게 '차 버리는 뜻을 밝히되, 그녀가 그리워할 만한 사연을 섞어서' 쓴 편지를 보내겠다는 것이었다. 그러면 여자가 마음을 되돌릴지도 모르니까. 그러면 여자와 함께 잠자리에 들고 '끝날 무렵에' 여자의 얼굴에 침을 뱉고는 밖으로 내쫓겠다는 것이었다.

그렇게 하면 정말 여자에게 벌주는 것이 될 거라고 말하였다. 그러나 레이몽은 자기는 훌륭하게 편지를 쓸 줄 모른다고 하였다. 그러니 나에게 편지를 써 달라고 부탁을 한다는 것이었다. 내가 아무런 대답을 안 하자 그는 즉시 편지 쓰는 것이 귀찮으냐고 물었다. 나는 그렇지도 않다고 대답했다.

레이몽은 술을 한 잔 마시고 일어서서 접시들과 먹다 남은 소시지를 한쪽으로 밀어 놓았다. 그러고는 식탁보를 정성스럽게 닦았다. 그러고는 서랍에서 편지지, 노란 봉투, 붉은 나무 펜대, 자주색 잉크병 따위를 꺼냈다.

나는 편지를 썼다. 생각나는 대로 써 내려갔지만 그래도 레이몽의 마음에 들도록 힘썼다. 왜냐하면 나는 레이몽의 마음에 들지 않게 할 아무런 이유도 없었기 때문이다. 다 쓴 편지를 소리 높여 읽었다. 레이몽은 담배를 피워 물고 머리를 끄덕이면서 듣고 있더니 다시 한 번 더 읽어 달라고 청했다. 내용이 마음에 드는 모양이었다.

"자네가 세상물정에 밝다는 것을 짐작하고 있었지."

그가 말했다. 처음엔 그가 나에게 자네라고 말한 것을 무심히 듣고 있었으나 '이제 자네는 내 친구일세.' 하고 그가 말했을 때에야 나는 비로소 그 말에 놀랐다. 그는 거듭 그렇게 말했고 나는 '물론 그렇지.' 하고 대답했다. 그는 진실로 나와 친구가 되고 싶은 모양이었다. 레이몽은 편지를 봉했다. 우리는 남은 술을 마저 마시고 아무 말 없이 담배만 피웠다. 밖은 죽은 듯 고요하였고 이따금씩 미끄러지듯 지나가는 자동차 소리만 들려올 뿐이었다.

"너무 늦었는데……."

내가 말했다. 그는 시간이 너무 빨리 간다고 말했는데 어떤 의미로는 그렇다고 할 수도 있었다. 나는 졸리면서도 왠지 일어서기가 거북했다. 레이몽은 날 물끄러미 보다가 너무 상심하지 말라고 했다. 그 말이 무슨 뜻인지 처음에는 알아채지 못했다. 그는 나에게 어머니가 돌아가셨다는 얘기를 들었다는 말과 그것은 어차피 누구나 한 번 겪는 일이라고 말을 했다.

물론, 나도 그렇게 생각했다.

나는 자리에서 일어났다. 레이몽은 내 손을 움켜쥐면서 사나이끼리는 언제나 통할 수 있는 것이라고 말하였다. 그의 방을 나선 후, 나는 어둠 속의 층계 위에 잠시 서 있었다. 집안은 고요하며, 계단 아래에서 습한 바람이 올라오고 있었다. 내 뜨거운 숨소리를 들으며 그냥 우두커니 서 있었다. 살라마노 영감의 방에서 개가 끙끙대는 소리가 흘러나왔다.

4

일주일 동안 나는 꽤 많은 일을 했다. 레이몽이 그 편지를 부쳤노라고 말했다. 나는 에마뉘엘과 영화를 두 번 더 봤다. 에마뉘엘은 화면에서 일어나는 이야기가 무엇인지 잘 이해하지 못하는 때가 가끔 있었다. 그럴 때마다 나의 설명이 필요했다.

어제는 토요일이라 약속한 대로 마리가 찾아왔다. 붉은 바탕에 흰 무늬가 있는 아름다운 옷을 입고 가죽 샌들을 신고 있었다. 탄력 있는 젖가슴은 환히 드러나 보였고 햇볕에 그을린 살갗은 윤기가 흘렀다. 나는 당장에 그녀를 갖고 싶은 충동을 느꼈다.

우리는 곧 버스를 타고 알제리에서 몇 킬로미터 떨어진 바닷가로 갔다. 언덕 쪽에는 바위들 사이에서 자란 갈대가 우거져 있었다. 오후 4시의 태양은 그다지 뜨겁지는 않았으나 바닷물은 미지근했고, 느린 물결이 길게 일렁이고 있었다. 우리는 물속으로 뛰어들었다. 마리가 새로운 놀이를 가르쳐 주겠다고 하였다. 입안에 물을 잔뜩 넣었다가 하늘로 내뿜는 것이었다. 그러면 물거품이 레이스가 되어 공중으로 사라지기도 하고, 미지근한 보슬비처럼 얼굴에 떨어지기도 했다. 그러나 곧 짠 바닷물 때문에 입안이 얼얼하였다. 마리가 다가와 내 몸에 자기 몸을 밀착시켰다. 입술을 꽃잎 엾듯 포개어 혀끝으로 내 입술을 간질였다. 우리는 물속으로 몸을 숨겼다.

해변으로 나와 옷을 갈아입을 때, 마리는 반짝이는 눈으로 나를 바라보았다. 나는 그녀에게 키스를 해주었다. 그리고 우리는 아무 말도 하지 않았다. 나는 그녀를 꼭 껴안았다. 그러고는 급히 버스를 타고 돌아왔다.

우리는 방 안으로 들어서자마자 누가 먼저랄 것도 없이

침대로 뛰어들었다. 미리 열어 둔 창문으로 여름밤이 스며들어 우리의 검게 탄 육체 위로 미끄러져 들어오는 것을 느낄 수 있었다. 더할 나위 없이 유쾌했다.

아침에 나는 마리에게 식사를 같이 하자고 말해 놓고 고기를 사러 갔다. 돌아오는 길에 레이몽의 방 앞을 지나는데 여자의 목소리가 들렸다. 이어서 살라마노 영감이 개에게 욕설을 퍼붓는 소리도 들려왔다. 나무 계단 위에서 구두창 소리와 개의 발톱이 바닥을 긁는 소리가 나더니 "빌어먹을, 망할 자식!" 하는 영감의 말소리가 들려오는 것이었다. 곧이어 그들은 거리로 나가 버렸다.

나는 방으로 돌아와 영감의 이야기를 마리에게 들려주었다. 마리는 웃음을 터뜨렸다. 마리는 내 파자마를 입고 소매를 걷어 올리고 있었다. 그녀가 웃었을 때, 나는 또 그녀를 갖고 싶었다. 잠시 후, 마리는 나에게 자기를 사랑하느냐고 물었다. 그런 것은 무의미한 말이겠지만, 나는 사랑하고 있는 것 같지는 않다고 대답했다. 마리는 얼핏 슬픈 표정을 지었다. 그러나 식사를 준비하면서 아무 이유도 없이 자지러질 듯 웃기에 나는 또 진하게 키스를 해 주었다.

바로 그때 레이몽의 방에서 말다툼하는 소리가 터져 나왔다. 여자의 찢어질 듯한 비명이 들리더니 뒤이어 레이몽이 고함을 쳤다.

　　"네년이 날 골탕 먹이려 했어! 감히 나를!? 그래, 어디 혼 좀 나볼래?"

　　그러더니 퍽퍽 때리는 소리가 들리고 비명이 울렸다. 그 소리가 너무 처절해서 층계참에는 곧 사람들이 모여들었다. 마리와 나도 복도로 나갔다. 여자의 비명과 때리는 소리가 뒤엉켜 들렸다.

　　마리는 사태가 험한 것 같다고 말했으나 나는 아무 대꾸도 하지 않았다. 그녀는 순경을 불러오라고 했지만 나는 싫다고 말했다. 그때 3층에 사는 납땜장이와 함께 순경이 들어왔다. 순경이 레이몽의 방문을 두드렸으나 안에서는 아무런 응답이 없었다. 더 세게 두드리자, 조금 뒤에 여자의 울음소리와 함께 레이몽이 문을 열었다. 그는 아무 일도 없었다는 듯 태연한 표정으로 담배를 물고 있었다. 여자가 방에서 뛰어나와 순경에게 레이몽이 때렸다고 말했다.

　　"이름이 뭐죠?"

순경이 물었다. 레이몽은 잠시 망설이면서 나를 쳐다보더니 담배를 문 채 그대로 서 있었다. 곧이어 레이몽은 대답을 하고 담배를 깊이 빨았다. 그러자 순경은 두터운 손바닥으로 레이몽의 뺨을 후려쳤다.

"경찰 앞에서는 담배를 빼야지."

레이몽은 안색이 변했으나 대뜸 무어라고 말하지는 않았다. 그러더니 공손한 목소리로 담배를 주워도 괜찮겠냐고 물었다. 순경은 그러라고 하면서 말했다.

"하지만 경찰이 만만한 상대가 아니라는 것 정도는 명심해 둬!"

그동안 여자는 훌쩍이면서 "날 마구 때렸어요. 이 사람은 아주 망나니예요." 하고 몇 번이나 되풀이했다.

"나리!"

이번에는 레이몽이 입을 열었다.

"여자에게 망나니 소리를 듣고 가만 있을 남자가 어디 있겠습니까?"

"입 닥쳐!"

순경이 잘라 말했다. 그러자 레이몽은 그 여자에게 "아직 끝나지 않았어." 하고 말했다. 순경은 레이몽에게 입을 다물라고 말하고는 여자에게는 가라고 말했다. 그리고 레이몽에게는 방으로 들어가서 경찰의 호출을 기다리라고 했다. 순경은 레이몽에게 몸이 떨릴 정도로 술을 마신 것을 부끄럽게 생각할 줄 알아야 한다고 덧붙였다. 그러자 레이몽은 설명을 했다.

"나리, 저는 전혀 취하지 않았습니다. 멀쩡하다구요. 그저 나리 앞에서 서 있으니까 떨리는 것뿐입니다. 저라고 어쩔 도리가 있겠습니까?"

그가 방으로 들어가자 구경꾼들도 다 가버렸다.

마리와 나는 식사 준비를 끝마쳤으나, 그녀는 별로 식욕이 안 나는 모양이었다. 그래서 나 혼자서 거의 다 먹어치웠다. 마리는 1시에 집으로 돌아가고 나는 잠시 잠을 잤다. 3시경에 문을 두드리는 소리가 나서 열었더니 레이몽이었다. 방으로 들어온 레이몽은 한동안 아무 말도 없었다. 나는 그의 일이 어떻게 된 영문인지를 물었다. 그는 계획대로 했는데, 여자가 따귀를 갈기기에 여자를 패 준 것이라고 했다. 그 뒤의 일은 내가 본 그대로였다.

나는 레이몽에게 "이제는 여자가 단단히 혼쭐이 났을 테니 만족했겠군요."라고 말했다. 그는 고개를 끄덕였다. 그러고는 자기는 순경들의 심리를 잘 알고 있으므로 그들을 어떻게 대해야 하는지도 잘 알고 있노라고 했다.

그리고 순경이 따귀를 때릴 때, 자기가 맞서리라고 기대했었느냐고 물었다. 나는 아무 기대도 하지 않았다고 대답하고, 원래 순경들을 싫어한다고 말했다. 레이몽은 흐뭇한 표정을 지었다. 그는 나와 함께 외출을 하고 싶다고 했다. 나는 일어나서 머리를 빗기 시작했다. 그때 그는 자기의 증인이 되어 달라고 했다. 나는 아무래도 좋았으나 무슨 말을 해야 좋을지는 몰랐다. 레이몽은 계집이 그에게 버릇없이 행동했다고 말하기만 하면 된다는 것이었다. 나는 그의 부탁을 들어주기로 했다.

우리는 거리를 걷다가, 레이몽이 권하여 브랜디를 마시고, 당구도 한 판 쳤다. 당구가 끝나자 레이몽은 여자들이 있는 술집에 가자고 하였다. 나는 그런 것을 별로 좋아하지 않기 때문에 싫다고 했다. 우리는 여기저기 기웃거리다가 집으로 돌아왔다. 돌아오는 길에 레이몽은 여자를 혼내 주어 매우 유쾌하다고 말하였다. 그는 나를 아주 친근하게 대해 주었고, 나 역시 그렇게 보내는 시간이 즐겁게 느껴졌다.

문 앞에는 살라마노 영감이 흥분한 표정으로 서 있었다. 그는 개를 데리고 있지 않았다. 그는 사방을 둘러보며 알아들을 수 없는 말로 중얼거렸다. 그는 우리를 전혀 의식하지 못하고 충혈된 눈으로 컴컴한 복도를 들여다보고는, 다시 길가를 두리번거리며 살폈다. 레이몽이 무슨 일이 있었느냐고 물었지만 그는 들은 시늉도 하지 않았다.

"빌어먹을! 망할 자식 같으니라구."

그가 혼잣말로 중얼거리는 소리가 들렸다. 나는 개가 어디 갔느냐고 물었다. 그러자 그는 불쑥 달아나 버렸다고 말하고는 여태까지의 태도와는 달리 수다스럽게 이야기를 늘어놓는 것이었다.

"아, 오늘도 연병장에 데리고 갔었지요. 길거리 상점 근처에는 사람들이 많이 있었어요. '탈주왕'이란 간판을 보려고 잠시 멈췄는데, 그러고 보니까 그놈이 안 보이는 거예요. 진즉에 작은 목걸이를 사주려고 생각은 하고 있었는데, 그 망할 놈의 자식이 그렇게 도망쳐 버리리라고는 꿈에도 생각하지 못했어요."

개가 길을 잃어버렸는지도 모르니까 곧 돌아올 것이라고 살라마노에게 말했다. 그리고 주인을 찾기 위해 수십 킬로미터를 헤맨 개가 있었다는 얘기를 해주었지만 영감은 좀처럼 흥분을 가라앉히지 못했다.

"그놈은 내 손에 꼭 잡히고 말지, 누가 갖다 기른다면 모를까. 아니 그럴 수도 없는 것이 누가 그렇게 병든 개를 좋아한대요? 틀림없이 순경에게 잡히고 말 겁니다."

나는 살라마노 영감에게 경찰서의 개 보관소로 가보는 것이 좋을 것 같다는 것과 돈을 얼마 내면 개를 찾을 수 있으리라는 것을 말해주었다. 영감은 화가 머리끝까지 올라 "그 망할 자식 때문에 돈을 써야 하다니, 차라리 죽어 버리라지!" 하며 욕설을 퍼붓기 시작했다. 레이몽은 웃음을 터뜨리며 집안으로 들어갔다. 나도 그의 뒤를 따랐다. 우리는 2층 계단 위에서 헤어졌다. 잠시 후, 발소리와 함께 문 두드리는 소리가 났다. 살라마노 영감이었다. 그는 문 밖에서 머뭇거리다가 "용서하십시오. 용서하십시오." 하고 말했다. 내가 안으로 들어오라고 권했으나 그는 허리를 굽힌 채 자기의 구두 끝만 내려다보고 있었다. 그의 흠집투성이 손이 떨리고 있었다. 영감은 시선을 아래로 향한 채 물었다.

"뫼르소 씨, 개를 빼앗진 않겠지요. 주인에게 돌려주겠지요. 그렇지 않으면 나는 혼자서 어떻게 살겠어요."

나는 경찰서에서는 주인이 개를 찾아갈 때까지 사흘 동안 매어 두지만, 사흘이 지나면 석당히 처분해 버린다고 일러 주었다. 그는 잠자코 나를 쳐다보았다. 그러고는 "안녕히 계십시오." 하고 말했다. 문을 닫고 난 후 밖에서는 영감의 서성거리는 소리가 들렸다. 잠시 후, 그의 침대가 삐걱거리더니 벽을 통해 어렴풋이 이상한 소리가 들렸다. 나는 그가 울고 있음을 알았다.

그때 나는 문득 어머니 생각을 했는데 그 이유는 알 수 없었다. 이튿날 아침에는 일찌감치 일어나야 했으므로, 별로 배도 고프지 않아 식사도 하지 않고 잠자리에 들었다.

5

회사에서 레이몽의 전화를 받았다. 그의 친구 한 사람이 (그 친구에게 이미 내 얘기를 했다고 했다) 알제리 근처의 조그만 별장에서 일요일을 함께 보내자고 했다는 것이다. 나는 초대에 응하고 싶지만 여자 친구와 이미 약속이 되어 있다고 대답했다. 레이몽은 여자 친구와 동행해도 좋다고 했다. 그 친구의 부인은 남자들 중에 여자라고는 자기 혼자뿐이기 때문에 매우 좋아할 것이라고 했다.

나는 외부에서 오는 전화를 사장이 별로 좋아하지 않는다는 것을 알고 있으므로 되도록 빨리 전화를 끝내려고 했다. 레이몽은 조금 기다리라고 하더니 초대에 대한 승낙 여부는 저녁에라도 할 수 있지만, 그보다는 다른 이야기를 들려주고 싶다고 했다. 그는 하루 종일 그 정부의 오빠도 가담해 있는 아라비아인 패에게 미행을 당했다는 것이었다.

"오늘 저녁 퇴근길에 집 근처에서 그놈들을 보거든 내게 연락 좀 해주게."

레이몽은 그렇게 말했고 나는 알겠다고 하였다.

잠시 후 사장이 날 불렀다. 근무 중에는 외부 전화를 삼가하고 일에 더 충실하라는 말이려니 하는 생각이 들자, 문득 불쾌한 기분이 들었다. 하지만 예상은 빗나갔다. 아직 구체적인 단계에 이른 것은 아니지만 어떤 계획에 대해 나와 의논하고 싶다는 것이었다. 그는 단지 그 문제에 대하여 나의 의견을 들어볼 생각이었다. 파리에 출장소를 설치하여 현지에서 직접 큰 회사와 거래를 다루도록 할 계획인데, 그곳으로 갈 의향이 없느냐는 말이었다. 그러면 파리 생활을 할 수 있을 것이고 1년에 얼마 동안은 여행도 할 수 있다는 것이었다.

"자네는 젊으니까 그런 생활을 해보는 것도 나쁘지만은

않을 걸세."

나는 그렇기는 하지만, 결국은 마찬가지일 것이라고 말했다. 사장은 일상생활을 바꿔보는 것이 흥미롭지 않느냐고 물었다. 그래서 나는 사람이란 결코 생활 자체를 바꿀 수는 없는 노릇이고, 어떤 생활이든지 결국은 다 거기서 거기일 것이며, 또 이곳에서의 내 생활에 별다른 불편한 점이 없다고 대답했다. 사장은 못마땅한 눈치였다. 그리고 내가 언제나 딴전을 피우며 야망이 없어서 사업에 지장이 많다고 했다.

나는 일을 하기 위해 자리로 돌아왔다. 굳이 사장의 비위를 건드리고 싶은 생각은 없었으나 지금의 내 생활을 바꿔야 할 이유는 조금도 없었던 것이다. 곰곰이 생각해봐도 나는 결코 불행하지 않았다. 학생 시절엔 그런 종류의 야망도 품었지만 학업을 중단하게 되었을 때, 그러한 것들이 실제로는 무가치하다는 것을 깨달았기 때문이다.

저녁에 마리가 왔다. 그녀는 내게 자기와 결혼할 생각이 없느냐고 물었다. 나는 아무래도 좋으니 마리가 원한다면 결혼해도 좋다고 했다. 그러자 그녀는 내가 자기를 사랑하는지 어떤지 알고 싶다고 했다. 나는 전에도 얘기했듯이 그런 것은 아무 필요도 없는 것이라고 말한 후에 아마 사랑하고 있는 것 같지는 않다고 대답했다.

"그런데 어째서 나하고 결혼을 할 수 있다는 거죠?"

마리가 물었다. 나는 그것은 별 중요성도 없는 거지만, 꼭 원한다면 결혼해도 좋다고 다시 말했다. 말하자면 결혼을 요구한 것은 그쪽이고, 나는 승낙을 했을 뿐이다.

"결혼이란 매우 중대한 문제예요."

마리는 나무라는 듯이 말했다.

"아니야."

나는 그렇지 않다고 대답했다. 그녀는 잠시 입을 다문 채 나를 쳐다보더니 말을 이었다. 자기처럼 관계를 가졌던 다른 여자들로부터 같은 청혼을 받았을 경우에도 지금 같은 행동을 보였을 것인가에 대해 알고 싶어 했다.

"물론."

나는 그렇다고 대답했다.

그러곤 잠시, 마리도 자기 자신에게도 나를 사랑하는지 묻고 있는 것 같았다. 나는 그 점에 대해 판단을 내릴 자신

067

이 없었다. 그녀는 얼마간 멍하니 있다가, 당신은 이상한 사람이고 아마 그 때문에 내가 당신을 사랑하는지도 모르지만, 바로 그 같은 이유로 당신이 싫어질 때가 올지도 모르겠다고 말했다. 내가 더 할 말이 없어 덤덤히 있으니, 마리는 미소를 지으면서 나의 팔에 매달리며 결혼하고 싶다고 말했다. 나는 언제든지 하고 싶을 때 하자고 대답했다. 그리고 사장이 나에게 제의했던 내용을 얘기해 줬더니 그녀는 파리 구경을 하고 싶다고 하였다. 내가 잠시 파리에서 살아본 적이 있다고 하자 그녀는 그곳이 어떠냐고 물었다.

"지저분한 도시야. 비둘기들이 보이지만 안뜰은 어둡고 사람들은 한결같이 흰 피부를 하고 있어."

그 후, 우리는 거리를 거닐었다. 여자들은 참 아름다웠다. 나는 마리에게 그렇게 생각하지 않느냐고 물었다. 마리 역시 동감이라고 대답하면서 나의 심정을 이해할 수 있다고 말했다.

한동안 우리는 아무 말도 하지 않았다. 나는 그녀가 나와 함께 있어 주었으면 해서 셀레스트네 레스토랑에서 저녁 식사를 하자고 했다. 그러나 마리는 그러고 싶지만 볼 일이 있다고 하였다. 마침 우리는 집 근처에 이르고 있었다. 내가 잘 가라고 하자 마리는 나를 쳐다보며 물었다.

"내가 무슨 볼일이 있는지 알고 싶지 않으세요?"

알고 싶지 않은 것은 아니지만 미처 생각하지 못했을 뿐인데, 마리는 그것을 책망하는 눈치였다. 그러고는 나의 멋쩍은 표정을 보고는 생긋 웃더니 불쑥 앞으로 다가오며 입술을 내밀었다.

나는 셀레스트네 레스토랑으로 갔다. 음식을 먹기 시작하는데 웬 키 작은 여자가 다가와서 나의 테이블에 앉아도 되겠냐고 물었다. 물론 좋다고 했다. 그녀의 몸은 앙증맞고 능금 같은 얼굴에 눈이 빛났다. 재킷을 벗고 다급히 메뉴를 살피더니 셀레스트를 불러 곧 또렷하고 빠른 목소리로 여러 요리를 주문했다. 그리곤 오르되브르를 기다리는 동안 핸드백을 열고 메모지와 연필을 꺼내어 미리 음식 값을 계산해보고는, 지갑에서 팁까지 덧붙여 정확한 금액을 꺼내놓았다.

이내 오르되브르가 나오자 그녀는 서둘러 먹었다. 다음 요리를 기다리며 또 핸드백에서 푸른 연필과 일주일 동안의 라디오 프로그램이 실려 있는 잡지를 꺼내더니 여러 곳에 표시를 했다. 잡지는 열두어 페이지나 되었으므로 그녀는 식사를 하는 동안 끝까지 꼼꼼하게 그 일을 계속했다.

내가 식사를 끝마쳤을 때도 그녀는 여전히 그 일에 열중하였다. 그러더니 일어나서 꼭두각시 같은 몸짓으로 재킷을 입고 나가 버렸다. 나는 별로 할 일도 없고 해서 그녀의 뒤를 잠시 따랐다. 그녀는 인도 가장자리를 따라 빠른 걸음으로 걸어가고 있었다. 그 자세는 변함이 없었고 주위를 두리번거리는 일도 없이 앞만 보고 가고 있었다. 얼마쯤 가다가 나는 그녀를 놓쳐 버리고 말았다. 나는 되돌아오며 이상한 여자라는 생각이 들었지만 곧 잊어버렸다.

문간에 살라마노 영감이 서 있었다. 개를 찾으러 경찰서에 갔지만 그곳엔 없더라고 하며 결국 잃어버린 게 틀림없다고 말했다. 경찰서 직원들은 개가 차에 치인 것 같다고 말하더라는 것이다. 경찰서에서 그런 것도 모르냐고 하니까 매일 있는 일이라서 증거를 찾기가 힘들다고 말하더라는 것이었다. 나는 그에게 다른 개를 기르면 되지 않겠느냐고 말했다. 그러자 영감은 그 개와 정이 들어서 곤란하다고 대답했는데, 그 점은 어느 정도 이해할 수 있는 부분이었다.

나는 침대 위에 앉고 영감은 테이블 앞에 놓인 의자에 앉았다. 그는 나를 쳐다보며 손을 무릎 위에 놓고 있었다. 낡은 모자를 그대로 쓴 채 누런 수염 밑에 있는 입으로 음식을 우물거리듯 중얼거렸다. 그와 대면하고 있기는 좀 거북했으나 그렇다고 별다른 일이 있는 것도 아닌 데다가 잠도 오지 않아서 그저 아무 이야기라도 나누려고 개에 대하여 몇 가지 물어보았다. 그의 말에 의하면, 개를 기르기 시작한 것은 아내가 죽은 뒤부터라는 것이었다. 그는 상당히 늦게 결혼한 모양이었다.

젊었을 때는 연극을 좋아하여 무대에 오르는 것이 꿈이었다. 군대에서는 군인극 〈보드빌〉에 출연한 일도 있었다. 그러나 결국 철도국에 근무하게 되었는데, 그것을 후회해 본 적은 없었다고 했다. 이유는 작게나마 연금을 탈 수 있기 때문이었다. 결혼 생활이 그리 행복한 것은 아니었으나, 그런대로 정이 들었던 편이었다. 부인이 세상을 떠났을 때, 그는 외로움을 달래려고 직장 동료에게 부탁하여 강아지 한 마리를 얻어왔다. 처음에는 우유를 먹여 키울 정도로 어렸으나 개의 수명은 사람보다 짧아 어느새 서로는 같은 세월을 살아가게 되었다.

"그놈은 사나워서 가끔 입마개를 씌우곤 했지요."

살라마노는 계속해서 말했다.

"그렇지만 좋은 개였어요."

내가 맞장구를 쳤더니 살라마노 영감은 흐뭇해하며 말을 이었다.

"당신이 피부병을 앓기 전에 그 녀석을 봤어야 했는데…… 그 털이 정말 아름다웠거든요."

개가 피부병을 앓기 시작한 후부터는 매일 아침저녁으로 고약을 발라주었다. 그러나 개는 나아질 기미를 보이지 않았다고 했다. 왜냐하면 개의 진짜 병은 노쇠로 인한 것이었고 그것은 어쩔 수 없는 시간의 현상이라는 것이다. 그때 내가 하품을 하자 영감은 자리에서 일어나려 했다. 나는 좀 더 있어도 괜찮다고 하였다. 그리고 개가 그렇게 되어 딱하게 생각한다고 했더니 고맙다고 대답했다. 그러고 나서는 어머니가 그 개를 퍽 귀여워했다고 말했다. 그는 어머니의 이야기를 하면서 '가여운 어머니'라고 하였다. 그러곤 그는 어머니가 세상을 떠난 후로 내가 매우 가슴 아팠을 것이라고도 말했다. 나는 아무 말도 하지 않았다. 그러자 영감은 얼굴을 붉히며 빠른 어조로 동네에서 어머니를 양로원에 보낸 것에 대하여 나를 나쁘게 생각한다는 것을 알고 있지만, 자기는 내가 어떤 사람인지 알며 내가 어머니를 무척 사랑했었다는 것도 알고 있노라고 말했다. 니는 어찌된 영문인지 내가 동네에서 좋지 못한 평을 받고 있다는 사실을 모르고 있었다. 나는 어머니를 부양할 형편이 못 되어 양로원에 보내드린 것은 당연한 일이라고 생각했던 것이다. 그래서 나는 내 생각을 이야기했다.

"게다가 어머니는 오래전부터 나와 대화도 나누지 않아, 몹시 적적하셨는걸요."

나는 그렇게 말했다.

"그럼요, 적어도 양로원에서는 친구라도 사귈 수 있을 테니까요."

그는 맞장구를 쳤다. 그러더니 자리에서 일어났다.

이제 그의 생활에는 큰 변화가 올 것인데, 앞으로 어떻게 해야 할지 그는 알지 못했다. 그를 알게 된 이후 처음으로 그는 슬그머니 나에게로 손을 내밀었다. 내 손에 그의 피부의 비늘처럼 거친 부분이 느껴졌다. 그는 옅은 미소를 짓고는 방을 나서려다가 한마디를 더했다.

"오늘 밤엔 제발 개들이 짖지 않았으면 좋겠군요. 혹여나 내 개가 아닌가 하는 생각이 자꾸만 들곤 하거든요."

6

일요일이면 잠자리에서 좀처럼 일어나기가 어려워진다. 그래서 꼭 마리가 와서 이름을 부르며 마구 흔들어 주어야 했다. 우리는 일찍부터 해수욕을 하고 싶어서 아침 식사를 할 생각도 하지 않고 서둘렀다. 나는 속이 텅 빈 것 같고 머리가 무거웠다. 담배를 피워도 맛이 썼다.

마리는 나에게 초상집에서 밤샘하고 온 사람, 금방 울어 버릴 것 같은 얼굴을 하고 있다면서 놀려댔다. 그녀는 흰옷을 입고 머리를 풀어 헤치고 있었다. 내가 예쁘다고 하니 그녀는 살짝 미소를 지었다. 우리는 내려오는 길에 레이몽의 방문을 노크했다. 그는 곧 내려오겠다고 대답했다.

거리로 나서자, 닫혀 있는 덧문과 쌓인 피로감으로 이미 거리를 완전히 덮은 햇볕에 마치 뺨이라도 얻어맞은 것 같았다. 마리는 기뻐서 연신 뛰어다니며 날씨가 좋다는 말을 여러 번 되풀이했다. 나는 기분이 좀 좋아져서 시장기를 느꼈다. 그런 이야기를 마리에게 하니, 그녀는 우리의 수영복과 수건이 들어 있는 가방을 열어 보였다. 나는 기다리는 수밖에 별 도리가 없었다.

이윽고 레이몽이 자기의 방문을 닫는 소리가 들렸다. 그는 소매가 짧은 흰 티셔츠에 하늘색 바지와 밀짚모자를 쓰고 있었다. 마리는 그 모양이 우스꽝스럽다고 야단이었다. 그리고 그의 흰 팔뚝에는 검은 털이 덮여 있었는데, 나의 눈에는 꽤나 거슬리게 느껴졌다. 레이몽은 한껏 만족한 듯 휘파람을 불면서 내려왔다.

"안녕하시오, 영감!"

레이몽은 내게 그렇게 말한 다음, 마리에게는 '마드모아젤'이라고 불렀다.

그 전날, 나는 레이몽과 함께 경찰서에 가서 그 여자(레이몽의 정부)가 그에게 버릇없이 굴었다고 증언하였다. 레이몽은 경고 처분을 받고 큰 벌을 모면했다. 나의 진술에 시비를 거는 사람은 없었다.

레이몽과 의논을 하여 우리는 버스를 타기로 하였다. 바닷가는 그다지 멀지 않았지만 버스를 타면 더 빨리 도착할 수 있기 때문이다. 레이몽은 자기 친구도 우리가 일찍 찾아가는 것을 기뻐할 것이라고 말했다.

우리가 막 떠나려는 순간, 그는 갑자기 건너편을 보고 내게 눈짓을 했다. 아라비아인 한 패거리가 담배 가게 진열장에 기대어 우리를 바라보고 있었다. 그들은 우리가 마치 돌이나 죽은 나무 이외의 아무것도 아니라는 태도로 서 있었다. 레이몽은 왼쪽에서 둘째 녀석이 바로 그놈이라고 했다. 그는 매우 두려운 듯했다. 그러면서도 그건 이제 끝나 버린 이야기라고 했다. 마리는 어리둥절해하며 무슨 일이냐고 물었다. 나는 아라비아인들이 레이몽에게 원한을 품고 있는 것이라고 말해 주었다. 마리는 출발을 재촉했다. 레이몽은 몸을 돌려 서둘러야겠다면서 싱겁게 웃었다.

우리는 조금 떨어진 정류장으로 갔다. 아라비아인들이

따라오지 않는다고 레이몽이 속삭였다. 나는 뒤를 돌아보았다. 그들은 제자리에 서서 우리가 방금 떠나온 장소를 무심한 태도로 바라보고 있었다. 우리는 버스에 올라탔다. 레이몽은 그제야 안심이 되는지 마리에게 농담을 걸었다. 마리가 상당히 마음에 드는 모양이었다. 그러나 마리는 아무 대답하지 않고 이따금씩 웃으면서 레이몽을 바라볼 뿐이었다.

우리는 알제리 교외에서 내렸다. 바닷가는 정류장에서 별로 멀지 않았다. 그러나 바다를 굽어보며 완만한 경사로 이루어져 있는 언덕을 지나가야만 했다. 언덕에는 푸르른 하늘을 배경으로 노란 풀잎들과 하얀 수선화로 뒤덮여 있었다. 마리는 꽃잎을 떨어뜨리는 장난을 하였다. 우리는 하얀 울타리에 둘러싸인 조그만 별장들이 늘어선 사이로 걸어갔다. 이윽고 바다가 보이고 고요한 대기 속에 모터 소리가 들려왔다. 멀리서 조그만 어선 한 척이 반짝이는 바다 한복판으로 움직이는 듯 마는 듯 가고 있었다. 바다로 내려가는 언덕길에서 바라보니 이미 바닷가에는 해수욕을 즐기는 사람들이 여럿 있었다.

레이몽의 친구는 해변 기슭에 자리 잡은 조그만 목조 건물 별장에 살고 있었다. 집은 바위를 등지고 있었는데, 앞쪽 밑을 버틴 기둥들은 물속에 잠겨 있었다. 레이몽은 우리를 소개했다.

　친구의 이름은 마송이었는데 후리후리한 키에 어깨가 딱 벌어진 체구의 사나이로 파리 억양을 쓰고 예쁘장하며 동그랗고 아담한 여자와 함께였다. 그 친구는 곧 우리에게 스스럼없이 지내자고 말하며 아침에 낚은 생선으로 요리를 했는데 좀 먹어 보지 않겠느냐고 했다. 내가 집이 참 아담하고 마음에 든다고 하자 그는 토요일과 일요일, 그리고 휴일마다 와서 지낸다고 하였다.

　"늘, 제 아내와 함께 이곳을 찾지요."

　그 친구가 말했다. 그의 아내는 마리와 함께 웃고 있었다. 아마 그때 나는 마리와의 결혼을 처음으로 진지하게 생각해 본 것 같다. 이윽고 마송은 헤엄을 치러 가자고 제의했다. 허나 그의 아내와 레이몽은 별로 내키지 않는 것 같았다. 우리는 셋이서 바닷가로 내려갔다. 마리는 곧 물속으로 뛰어들었다. 마송과 나는 잠시 지체하고 있었다. 그는 말

끝이 느렸는데, 말끝마다 '그뿐이 아니라'라는 말을 붙이는 버릇이 있었다. 실제로 이야기에 별달리 보충하는 뜻이 없을 때에도 그러는 버릇이 있었다.

"정말 멋진 여성입니다. 그뿐만 아니라, 매력도 있고요."

그는 나에게 마리에 대한 이야기를 했다.

나는 햇볕이 살에 닿는 기분 좋은 감촉에 취해서 그의 말버릇에는 별로 신경을 쓰지 않게 되었다. 발바닥이 뜨거웠다. 나는 물속으로 뛰어들고 싶은 것을 좀 더 참았다가 마송에게 "들어가지 않겠어요?" 하고 말한 후에 첨벙 뛰어들었다. 마송은 천천히 물속으로 들어가 발이 땅에 닿지 않는 곳쯤에서부터 헤엄을 치기 시작하였다. 그는 평영으로 헤엄을 쳤는데 그 모습은 다소 서툴렀다. 나는 그를 앞질러 마리에게로 헤엄쳐 갔다. 물이 시원한 탓에 헤엄을 칠 때 좋은 기분이 들었다. 나는 마리와 함께 먼 곳까지 나아갔는데 우리는 같은 동작을 나누며 서로 만족감에 잠겼다.

우리는 바다 한가운데에서 몸을 뉘였다. 하늘로 얼굴이 향하니, 태양은 우리의 입으로 흘러들어오는 물의 흐름을 걷어주었다. 멀리, 마송이 해변에서 일광욕을 하려고 눕는 것이 보였다. 멀리서도 그는 꽤 크게 보였다.

마리는 나와 함께 계속 헤엄을 치고 싶어 했다. 나는 뒤에서 그녀의 허리를 껴안고 마리가 팔을 저어서 앞으로 나가는 것을 도와주었다. 고요한 아침에 철썩거리는 물소리가 우리의 귓가에서 맴돌았다. 나는 지칠 때까지 헤엄을 치다가 마리를 남겨두고 헤엄을 쳐서 나왔다. 나는 마송 옆에 엎드려 모래 속에 얼굴을 파묻었다.

"기분이 아주 상쾌해요"

내가 이렇게 말했더니 그도 동감이라고 했다. 마리가 물가로 나오고 있었다. 소금물에 젖은 몸은 미끈거려 보였으며 머리칼을 뒤로 늘어뜨리고 있었다. 마리는 내 곁으로 와 나란히 누웠다. 이내 그녀의 체온과 뜨거운 햇볕으로 졸음이 몰려왔다.

얼마 후 마리가 나를 흔들어 깨웠다. 점심을 먹으러 가자는 것이었다. 마송은 이미 집으로 돌아가고 없었다. 나는 허기를 느꼈으므로 곧바로 일어섰다. 그때, 마리는 아침부터 내가 한 번도 키스를 해 주지 않았다고 불평했다. 그것은 사실이었다. 하지만 나도 키스를 하고 싶지 않았던 것이 아니었다.

"물로 들어가요."

마리가 말했다. 우리는 달려가 곧 잔잔한 물결 속에 몸을 맡겼다. 마리는 이내 나에게 달라붙었다. 그녀의 다리가 나의 허리를 휘감았다. 나는 또 그녀를 갖고 싶어졌다.

우리가 별장에 다가서자 마송이 마중을 나왔다. 나는 배가 고프다고 하였다. 그는 내가 마음에 든다며 자기 아내에게 말했다. 빵도 맛있고 생선도 별미여서 내 몫의 것을 급히 먹어치웠다. 다음에는 고기와 감자부침이 나왔다. 우리는 아무 말 없이 식사에 열중하고 있었다. 마송은 연거푸 술을 마시면서 나에게도 줄곧 권했다. 커피를 가져왔을 때는 머리가 좀 아파서 담배를 많이 피웠다.

마송과 레이몽, 그리고 나는 비용을 공동으로 부담하여 8월 한 달을 바닷가에서 함께 지낼 것을 의논하였다. 좀 이른 점심에다 술까지 마신 우리는 기분이 좋았다. 마송은 산책을 나가자고 했다.

"제 아내는 점심 식사 후엔 꼭 낮잠을 자는 버릇이 있는데 나는 별로 좋게 생각하지 않아요. 나는 걷는 것을 권장

하거든요. 걷는 것은 건강에도 좋다고 늘 말하는데…… 어쨌든 자기가 하고 싶은 대로 해야겠다는 데야 뭐."

마리는 마송 부인의 설거지를 돕기 위해 남아 있겠다고 하였다.

햇볕은 거의 직각으로 모래 위에 내리꽂히고 그 강렬한 빛은 견디기 어려울 지경이었다. 바닷가에는 아무도 보이지 않았다. 언덕을 따라 바다 위로 솟은 작은 별장에서는 접시며 포크, 스푼 따위의 달그락거리는 소리가 들려왔다. 땅에서 올라오는 건조한 열기 속에서는 숨을 제대로 쉬기 어려울 정도였다.

얼마간 레이몽과 마송은 내가 알아들을 수 없는 이야기를 나누었다. 나는 그들이 오래전부터 아는 사이라는 것과 한때는 함께 살았던 적도 있었다는 것을 알게 되었다. 우리는 물가로 가서 바다를 끼고 걸었다. 때때로 파도가 밀려와 실내화를 적시곤 했다. 나는 머리 위로 쏟아져 내리는 햇살 때문에 정신이 몽롱해지는 느낌이었다. 그때 나는 저 멀리에서 푸른 화부복(火夫服)을 입은 아랍인들을 발견했다. 나는 레이몽에게 얼굴을 돌렸다. 그는 "그 녀석들이야." 하고 말했다. 우리는 여전히 걸어가고 있었다. 마송은 그들이 어떻게 여기까지 따라왔는지 모르겠다면서 수상쩍다는 표정을 지었다. 나는 우리 일행이 해수욕 가방을 들고 버스를 타는 것을 그들이 보았던 것이라고 생각했지만, 아무 말도 하지 않았다.

아랍인들은 천천히 걸어오고 있는데도 어느새 간격은 가까워지고 있었다. 우리는 여전히 같은 걸음으로 걸었다.

"마송, 싸움이 벌어지면 자네는 둘째 녀석을 상대하게. 한 녀석은 내가 맡겠네. 뫼르소, 자네는 또 다른 놈이 나타나면 상대하도록 하게."

레이몽이 말했다. 나는 알았다고 대답하였고, 마송은 어깨를 으쓱해 보였다. 뜨겁게 달은 모래가 나의 눈엔 붉게 보였다. 그들과 우리는 꾸준히 걸었고 간격은 일정하게 줄어들어갔다. 그리고 결국에 서로 몇 발자국을 남겨둔 거리까지 다가섰을 때, 우리들은 걸음을 멈추었다.

레이몽이 재빨리 자기 상대자에게로 다가갔다. 나는 레이몽이 뭐라고 지껄였는지는 모르겠으나 아랍인 녀석은 머리로 받는 시늉을 하였다. 그러자 레이몽은 먼저 한 대 후려갈긴 후 마송에게 신호를 보냈다. 마송은 미리 지목했던 녀석에게로 달려가 두어 번 주먹질을 했다. 상대 녀석은 얼굴을 모래바닥에 처박더니 물속으로 나동그라졌다. 겨우 몸을 가누며 일어나려는 녀석을 레이몽은 사정없이 또 한 대 후려갈겼다. 녀석의 얼굴은 피범벅이 되었다.

레이몽은 나에게로 고개를 돌리고 말했다.

"저 꼬락서니 좀 보게나."

나는 그를 보면서 "조심해, 칼이야!" 하고 소리 쳤으나, 그는 이미 팔에 상처를 입고 입도 찢기고 말았다. 마송이 재빨리 뛰어갔으나 또 다른 아랍인도 일어나서 무기를 가진 녀석 뒤로 가서 섰다. 우리는 서로 꼼짝 않고 노려보고만 있었다. 그들은 우리에게서 눈을 떼지 않고 단도로 위협하면서 서서히 뒷걸음질 치더니 거리가 충분히 떨어지자 부리나케 도망쳐 버렸다.

마송은 일요일마다 언덕의 별장에 와서 지내는 외과의사가 있다고 말했다. 레이몽은 그 의사에게 가자고 말했는데, 그가 말할 때마다 상처에서 흐르는 피가 입속에서 거품처럼 뿜어져 나왔다. 우리는 그를 부축하여 급히 별장으로 돌아왔다. 레이몽은 상처가 가벼워 혼자서도 의사에게 갈 수 있다고 했다. 그러나 마송이 그와 함께 의사에게 가고, 나는 남아서 여자들에게 사건 경위를 설명해 주었다.

마송의 부인은 울음을 터뜨렸고, 마리는 새파랗게 질려 있었다. 나는 여자들에게 더 이상 말해주고 싶지 않아 이야기를 중단하고 담배를 피워 물고 바다를 바라보았다.

1시경이 되어서야 마송과 레이몽이 돌아왔다. 그는 팔에 붕대를 감고 입가엔 반창고를 붙이고 있었다. 의사가 그다지 심각한 상처는 아니라고 말했다는데도 레이몽은 침울한 표정이었다. 마송은 그의 기분을 전환시키려고 애썼다. 그러나 레이몽은 여전히 침묵을 지키고 있었다. 바닷가로 내려간다고 하기에 어디로 갈 거냐고 물었더니, 그저 바람을 좀 쐬고 싶다고 하였다. 마송과 내가 따라나서려 하자 레이몽은 화를 내며 책망하는 것이었다. 마송은 그의 비위를 건드리지 말아야 한다고 했으나, 나는 굳이 그의 뒤를 따랐다.

우리는 한동안 바닷가를 걸었다. 뜨거운 태양은 바다와 모래 위에서 작열하였다.

나는 레이몽이 가는 곳을 짐작해 보았지만, 어쩌면 잘못 생각하고 있는지도 모를 일이었다.

우리는 바닷가 끝까지 갔다. 바위 뒤에는 바다로 흐르는 조그만 냇물이 있었다. 거기에서 우리는 또 그 아라비아인들을 만나고 말았다. 그들은 기름이 밴 푸른 화부복을 입고 누워 있었다. 아주 태연한 모습이었다.

레이몽에게 상처를 입힌 녀석도 아무 말 없이 레이몽을 바라보고 있었다. 또 한 녀석은 조그만 갈대피리를 불고 있었는데, 곁눈질로 우리를 살피며 피리로 낼 수 있는 세 가지 소리를 연거푸 냈다. 한동안 그곳에는 햇볕과 침묵, 그리고 졸졸 흐르는 냇물 소리와 피리의 세 가지 소리만이 주위를 감돌았다. 레이몽이 주머니 속의 권총에 손을 댔으나 상대편은 움직이지 않고 서로 마주보고 있었다. 나는 피리를 불고 있는 녀석의 발가락이 유난히 벌어져 있는 것을 보았다.

레이몽은 상대편으로부터 눈을 떼지 않은 채 내게 물었다.

"쏴 버릴까?"

나는 그가 내 만류를 받아들이지 않을 것이라고 생각이

들었다.

"상대가 자네에게 아무런 말도 않고 가만히 있는데 총을 쏜다는 것은 좀 비겁하지 않을까."

침묵과 뜨거운 햇빛 아래 여전히 샘물과 피리 소리만이 호젓이 들릴 뿐이었다. 마침내 레이몽이 입을 열었다.

"그럼 저 녀석에게 욕지거리를 해 주어야겠군. 대꾸하는 대로 쏴 버리게 말이야."

"그래, 하지만 놈이 단도를 뽑지 않는 한 쏠 수는 없어."

레이몽의 말에 나는 그렇게 대답했다. 레이몽은 약간 화가 난 모양이었다. 상대편은 레이몽의 동작을 살피며 여전히 피리를 불고 있었다.

"함부로 쏴선 안 돼. 사나이답게 당당히 맞서서 싸우게. 그 권총은 이리 내. 만일 녀석이 덤벼들거나 저 녀석이 단도를 뽑든지 하면 내가 쏴 버릴 테니까."

내가 그렇게 말하자 레이몽은 내게 권총을 건네주었다. 권총은 햇빛에 반사되어 번쩍거렸다. 그러나 우리는 마치 적에게 포위된 것처럼 한동안 그대로 움직이지 않고 있었다. 서로가 서로를 노려보면서.

바다와 모래와 태양, 그리고 샘물과 피리 소리로 인해 더욱 두드러진 침묵만이 감돌고 있을 뿐이었다. 그 순간 나는 권총을 쏠 수도 있고 쏘지 않을 수도 있지만, 또 쏘아도 좋고 쏘지 않아도 좋다고 생각하였다. 허나 별안간 아라비아인들이 뒷걸음질을 치더니 바위 뒤로 도망쳐 버렸다. 그제야 비로소 레이몽은 흥분이 좀 기라앉은 듯했다. 그는 집으로 돌아갈 버스 얘기를 꺼냈다.

우리는 별장으로 돌아왔다. 나는 레이몽이 나무 계단을 올라가는 것을 보면서 첫 계단 앞에서 잠시 굳어 있었다. 햇볕으로 현기증이 나는 데다가, 그 나무 계단을 올라가야 하며, 다시 여자들과 대면해야 할 것을 생각하니 맥이 풀렸던 것이다. 그러나 쏟아지는 햇볕 아래 우두커니 서 있기도 괴로운 일이었다. 하물며 머무르거나 어디로 가 버리거나 결국 마찬가지인 것 같았다. 잠시 후, 나는 다시 해변을 향해 걸었다.

여느 때와 다름없이 모든 것이 붉게 어른거리고 있었다. 바닷물은 모래 위에서 잘게 부서지며 가쁜 숨을 몰아쉬었다. 나는 느린 걸음으로 바위를 향해 가고 있었는데 뜨거운 햇살 탓인지 머리가 부풀어 오르는 기분이었다. 이글거리는 무더운 바람이 얼굴에 닿을 때마다 나는 이를 악물고 주머니 속의 주먹을 불끈 쥐었으며, 다만 내리쬐는 태양의 어지러움을 이겨 내려고 안간힘을 썼다. 모래, 흰 조개껍질, 혹은 유리 조각에서 햇빛이 칼날처럼 번쩍거릴 때마다 눈가에 경련이 일어났다. 나는 오랫동안 걸었다.

햇볕과 바다의 수분으로 눈부신 후광(後光)에 에워싸인 거무스름한 바윗덩어리가 아득하게 시야에 들어왔다. 나는 바위 뒤의 서늘한 샘물이 생각났다. 그 샘물의 속삭임을 다시 듣고 싶다는 충동이 일었다. 태양과 더위와 맞서는 노곤함과 여자의 울음소리를 피하고 싶었다. 샘에는 그늘과 휴식이 기다리고 있을 것이다. 그러나 그곳에 가까이 갔을 때, 나는 레이몽과 맞섰던 녀석이 다시 돌아와 누워있는 것을 보았다.

그는 혼자였다. 반듯하게 누워 있었는데 얼굴만 바위 그늘 속에 집어넣고 전신은 햇볕에 드러내고 있었다. 나는 약간 당황했으나 나로서는 그 사건은 이미 끝난 것으로 생각했으므로 그 일은 염두에 두지 않고 그쪽으로 갔다.

아라비아인은 나를 보자 몸을 일으키며 주머니에 손을 넣었다. 나도 웃옷 속의 권총을 거머쥐었다. 녀석은 다시 몸을 젖혀 누웠으나 주머니에서 손을 빼지는 않았다. 나는 그에게서 10여 미터쯤 떨어져 있었다. 반쯤 감겨진 그의 눈꺼풀 사이로 이따금 하얀 빛이 새어나오는 것을 느낄 수 있었다. 별안간 그의 모습은 타는 듯한 대기 속에서 아른거리고 있을 뿐이었다. 파도는 정오 때보다 더 느리게 일렁이고 한결 잔잔해졌다. 별다를 것 없는 모래 위의 반짝임, 그리고 예전과 다름없는 태양빛이 그대로 내리쬐고 있었다.

두 시간 전부터 정오의 태양은 행진을 멈추고 끓어오르는 금속의 바닷속에 닻을 내렸던 것이다. 수평선을 따라 조그만 증기선이 지나갔다. 나의 눈에 그것이 검은 얼룩처럼 느껴진 것은 아랍인으로부터 눈을 떼지 않고 있었기 때문이었다. 내가 뒤돌아 가면 아무 일도 일어나지 않으리라고 생각되었지만, 햇볕에 가물거리는 해변이 나를 억누르고 있었다. 나는 샘물을 향해 몇 걸음 더 나섰다. 상대방은 전혀 동요하지 않았다.

그는 아직 나에게서 꽤 멀리 떨어져 있었던 것이다. 얼굴

위에 드리운 그늘 탓이었는지 웃고 있는 듯했다. 나는 기다렸다. 뜨거운 햇볕에 뺨이 익는 것만 같았고 땀방울이 눈썹에 맺혔다. 그것은 어머니의 장례식을 치른 그날과 다름없는 태양이었다. 그날처럼 머리는 아팠고 이마의 힘줄이 피부 밑에서 지끈거렸다. 나는 그 햇볕의 뜨거움을 이기지 못하여 한 걸음 앞으로 나섰다. 그때 아라비아인이 누운 채로 단도를 뽑아서 태양에 비추더니 나에게로 겨누었다. 햇빛이 그 칼날에서 반사하자 그 날카로운 빛이 나의 이마를 긋는 것 같았다. 그와 동시에 이마에 맺혔던 땀이 한꺼번에 흘러내려 눈꺼풀을 덮어 버렸다. 나는 눈이 따가워 앞을 볼 수가 없었다. 다만 이마를 태우는 듯한 열기와 단도로부터 여전히 비쳐오는 날카로운 빛을 느낄 뿐이었다. 그 칼날의 번득이는 빛은 나의 속눈썹을 가르고 어지러운 눈을 파헤치는 것이었다. 바로 그때였다. 모든 것이 혼란스럽게 술렁였다. 바다는 짙고 무거운 바람을 실어왔다. 활짝 갠 하늘은 불을 뿜는 것 같았다. 나는 몹시 긴장하여 권총을 힘껏 쥐었다. 방아쇠를 움직이자, 미끈한 권총 자루의 감촉이 손바닥을 통해 내 머릿속으로 들어왔다. 그 순간, 짤막하고도 요란한 소리와 함께 모든 것이 시작되었다. 나는 태양과 땀을 떨쳐 버려야 했다. 한낮의 균형과 행복해 보이는 바닷가 특유의 침묵을 여지없이 깨버린 것이다. 나는 그 굳어진 몸뚱이에 다시 네 방을 더 쏘아 버렸다. 총알은 깊이 박혔다. 그 총성은 마치 내가 불행의 문을 두드린 짧은 네 마디의 노크 소리와도 같았다.

2부

재판

1

나는 체포되어 여러 번 심문을 받았다. 신분을 확실히 파악하기 위한 것이었기 때문에 오래 계속되지는 않았다. 처음에는 내 사건에 대해서 별로 흥미를 느끼는 것 같지 않았다. 그런데 일주일이 경과한 후, 예심판사는 나를 주의 깊게 살피기 시작했다. 처음에 그는 주소와 이름과 직업, 그리고 출생일과 본적지 따위를 물었을 뿐이었다. 그리고 내가 변호사를 선임했는지를 알고 싶어 했다. 나는 변호사를 꼭 세워야만 하느냐고 물었다. 그랬더니 그는 다음과 같이 반문하는 것이었다.

"무엇 때문에 그러는 거죠?"

나는 내 사건은 아주 간단한 것이 아니냐고 되물었다. 그러자 판사는 미소를 지으며 다음과 같이 말했다.

"물론 그렇게 생각할 수도 있겠지만, 법률이란 당신이 변호사를 세우지 않으면 우리가 직무에 따라 선임해야 합니다."

나는 법률제도가 그러한 사소한 일까지 해주는 것은 매우 편리한 일이라고 생각했다. 그 말을 판사에게 하자 그도 동감하면서 법률이란 참 좋은 제도라고 말했다. 나는 처음에 그를 대수롭지 않게 생각했다. 그는 휘장이 처진 방으로 날 불러들였는데, 그의 테이블 위에 등불이 하나 놓여 있었다. 그것은 내가 앉은 의자만을 비추고 있을 뿐이었다. 그는 어둠 속에 앉아 있었던 것이다. 나는 이러한 광경을 묘사한 글을 이미 읽었지만, 내게는 어린애 장난같이 느껴졌다.

이야기가 끝난 후에 그를 살펴본즉 말쑥한 얼굴에 푸른 눈은 깊이 들어가 있고, 훤칠한 키에 잿빛 수염을 길렀으며, 숱이 많은 머리털은 백발에 가까웠다. 착실해 보였고 입을 일그러뜨리는 신경질적인 버릇이 있긴 했으나 지내다 보면

친근감을 느낄 수 있을 것처럼 보였다. 나는 방을 나서면서 하마터면 악수까지 할 뻔했다. 그러나 문득, 나는 내가 사람을 죽였다는 사실을 깨달았다.

이튿날 변호사 한 사람이 형무소로 찾아왔다. 키가 작고 통통한 체형에 아주 젊어 보이는 사람이었는데 머리를 정성스럽게 빗어 붙이고 있었다. 몹시 더운 날씨임에도 불구하고(나는 셔츠바람이었다) 검은 옷에 빳빳한 칼라, 검고 흰 줄무늬가 있는 이상한 넥타이를 매고 있었다. 변호사는 우선 가방을 내 침대 위에 놓고 나서 자기소개를 했다. 그리고 내 서류를 검토해 보았다고 하면서, 이 사건은 좀 난해하지만 내가 그를 신뢰하기만 하면 재판에 이길 수 있을 것이라고 했다. 내가 고맙다고 하자 그는 말했다.

"그럼 본론으로 들어갑시다."

그는 나의 사생활에 대하여도 여러 가지 정보를 갖고 있다고 말했다. 최근 어머니가 사망한 것도 알게 되어 마랑고까지 조사원이 파견되었으며, 어머니의 장례식 날 '내가 냉정한 태도를 보였다'는 사실도 조사되었다는 것이다.

"당신에게 이러한 질문을 한다는 것은 좀 곤란한 일이지만, 이건 매우 중요한 내용입니다. 만일 당신이 질문에 관한 답변을 하지 못한다면 그것은 기소의 중요한 논거가 될 것입니다."

그러면서 그는 내가 자기에게 협력해 줄 것을 요구했다.

먼저 그는 어머니의 장례식 날 슬픔을 느꼈냐고 물었다. 이 질문은 나를 몹시 당황하게 했다. 만일 내가 누군가에게 이런 질문을 해야 할 처지가 되었다면 몹시 어색했었을 것이다. 그러나 나는 자문해 보는 습관을 잃어버려서, 정확하게 설명할 수는 없다고 대답했다. 물론 어머니를 사랑했지만 그런 것은 아무 의미도 없다고 했다. 그리고 평범한 사람이면 누구나 애정을 갖고 있는 사람이라 할지라도 때때로 죽음을 바라기도 한다고 말했다. 그러자 그는 얼굴이 새빨개지며 나의 말을 가로막았다.

변호사는 법정이나 예심판사 앞에서는 그런 말을 하지 않도록 주의시켰다. 그러나 나는 육체적인 욕구가 내 감정을 지배하는 일이 많다고 설명해 주었다. 어머니의 장례식 날, 나는 매우 피곤하여 졸음에 시달렸다. 그렇기 때문에 그날 무슨 일이 있었는지 잘 알 수가 없었다. 내가 분명히 말할 수 있는 것은 어머니가 죽지 않았더라면 좋았을 것이라는 사실이었다. 그러나 나의 변호사는 여전히 못마땅한 표정을 지었다.

"그것으로는 충분하지 않아요."

그는 이상한 눈초리로 날 바라보며 단호히 말했다.

"어쨌든 양로원의 원장과 직원들이 증인으로 출석하게 될 것이오. 그렇게 되면 당신에게 상당히 불리한 결과가 될지도 모르겠소."

내가 그들의 이야기가 나에게 어떠한 영향을 미치냐고 묻자 그는 단지, 내가 재판의 경험이 없는 사람이라는 걸 그만하면 잘 알 수 있겠다고만 대답했다.

그는 화난 얼굴로 나가 버렸다. 나는 그에게 호감을 사고 싶었는데 그것은 변호를 잘해주기를 바라서가 아니라 자연스럽게 그런 감정이 표현되어 나왔던 것이다. 무엇보다도 내가 그의 처지를 난감하게 만들고 있다는 것을 알 수 있었다. 그는 나를 이해하지 못했고 오히려 좀 원망하는 눈치였다. 나는 내가 다른 사람들과 같다는 것, 전혀 다를 게 없다는 것을 그에게 알리고 싶었으나 나의 노력은 별 효과를 보지 못했으며, 한편으론 게으른 탓도 있고 해서 그냥 포기하고 말았다. 조금 뒤에, 다시 예심판사의 호출이 있었다. 방 안은 몹시 더웠다. 그는 자리를 권하면서 아주 정중하게 나의 변호사는 '사고가 생겨서' 오지 못했다고 말해주었다. 그리고 나에게는 그의 심문에 대답하지 않고, 변호사의 도움을 기다릴 수 있는 권리가 있다고 했다. 혼자서도 대답할 수 있다고 했더니 책상 위의 벨을 눌렀다. 곧이어 젊은 서기가 와서 나의 바로 등 뒤에 자리를 잡고 앉았다.

곧 심문이 시작되었다. 판사는 먼저, 사람들의 말에 의하면 내가 말수가 적고 내성적인 성격의 소유자라고 하는데, 그것을 어떻게 생각하느냐고 물었다.

"별로 할 말이 없습니다. 그래서 안 하는 것뿐입니다."

내 대답에 판사는 미소를 지으면서 그것은 옳은 말이라고 하였다. 그리고 잠시 침묵이 흐른 후, 그는 다시 말했다.

"내가 알고 싶은 것은 당신입니다."

나는 그의 말뜻을 이해할 수 없어 잠자코 있었다. 그의 말이 계속됐다.

"당신의 행동에는 이해하기 곤란한 점들이 많은데 내가

이해할 수 있도록 협조해 주시기 바랍니다."

나는 모든 게 지극히 간단한 일이라고 대답했다. 그러자 판사는 그날 발생했던 상황들을 다시 한 번 이야기해보라고 말했다. 나는 그에게 말했던 것을 다시 말했을 뿐이다.

레이몽, 바닷가, 해수욕, 싸움, 다시 바닷가, 조그만 샘, 태양, 다섯 방의 총성, 그 말들을 할 때마다 판사는 "좋습니다."라는 말을 반복했다.

나는 같은 말을 되풀이하는 것에 이미 지쳤다. 드디어 쓰러진 시체에까지 이야기가 미치자 그는 "좋아요." 하면서 고개를 끄덕였다. 이처럼 말을 많이 한 적은 처음인 듯 하였다.

한동안 말없이 앉아 있던 그는 자리에서 일어났다. 그리고 날 도와주겠다고 하면서 내가 퍽 재미있는 사람이고 하나님의 도움을 얻어 나를 위해 무슨 일을 해줄 수 있을 것이라고 말했다. 그 전에 몇 가지 질문을 하고 싶다고 했다. 그러더니 느닷없이 어머니를 사랑했었느냐고 물었다.

"예, 나도 다른 사람들과 같이 어머니를 사랑했습니다."

내 얘기가 끝나자마자 판사의 질문은 이어졌다. 이번에

다섯 방의 권총을 연달아 쏘았느냐고 물었다. 나는 잠시 생각한 후에 처음 한 방 쏘고, 몇 초 후에 다시 네 방을 쏘았다고 말했다.

"첫 발을 쏘고 다음 발을 쏘기 전까지 왜 기다렸습니까?"

판사가 물었다. 나는 다시 한 번 붉은 바닷가를 눈앞에서 보고, 뜨거운 햇살이 이마 위로 스쳐가는 기분을 느꼈다. 나는 아무 대답도 하지 않았다.

침묵이 계속되자 판사는 화가 난 것 같았다. 그는 의자에 걸터앉아 머리를 북북 긁고, 책상 위에 팔꿈치를 괸 후에 몸을 굽혀 나를 보며 이해할 수 없다는 표정을 지었다.

"왜? 왜 쓰러진 시체를 쏘았습니까?"

그 물음에도 나는 대답할 수가 없었다. 판사는 흥분된 목소리로 다그쳤다.

"왜 그랬지요? 그것을 말해 줘야 합니다. 왜 그랬던 거지요?"

나는 여전히 아무 대답도 하지 않았다. 그러자 그는 자리에서 벌떡 일어나 사무실 한 구석으로 가더니 서류함을 열었다. 거기서 은십자가를 꺼내어 그것을 휘두르며 나에게로 돌아왔다.

그러고는 떨리는 음성으로 말했다.

"당신은 이것을, 아니, 이 사람을 아십니까?"

"물론 알지요."

내가 입을 열었다. 그러자 판사는 흥분하여 빠른 어조로 하나님을 믿고 있다는 것과 하나님이 용서해 주지 않을 만큼 죄가 많은 사람은 없지만, 용서를 받으려면 뉘우치는 마음으로 어린애 같은 순수함으로 돌아가야 한다고 했다. 그는 나에게로 몸을 기울여 십자가를 내 머리 위에서 휘두르고 있었다. 나는 그의 말을 이해하기가 매우 어려웠다. 우선 나는 몹시 더웠고 윙윙거리는 파리들이 나의 얼굴에 앉기도 했으며, 또 그의 태도가 다소 두렵기도 했기 때문이다. 동시에 판사의 행동이 우스워 보이기도 했다. 왜냐하면 죄인은 바로 나였기 때문이다. 그러나 그는 자기 이야기를 계속했다. 내가 알아듣기로는 그가 느끼기에 나의 자백이 다소 모호한 점이 있다는 것이었다. 그것은 두 번째 방아쇠를 당기기 전에, 사이를 두고 기다렸다는 점이다. 그것만은 납득하기 어렵다고 했다.

그 점은 그다지 중요한 것이 아님을 설명해 주고 싶었으나, 그는 나의 말을 가로막고 다시 한 번 전신을 일으켜 하나님을 믿느냐면서 훈계를 하였다. 나는 믿지 않는다고 대답했다. 그는 몹시 언짢은 표정으로 자리에 주저앉았다. 그리고 그럴 수가 있느냐면서 누구나 비록 하나님을 볼 수는 없지만 믿어야 하는 것이라고 말했다. 그것은 그의 신념이요, 만일 그것을 의심하게 된다면 그의 생애는 무의미할 것이라고 했다.

"당신은 나의 생애가 무의미하게 되기를 바라십니까?"

판사가 소리쳤다. 나는 그것이 나와 아무 상관도 없는 일이라고 생각해 그렇다고 대답했다. 그러자 그는 십자가상을 내 눈 가까이 들이대고선 터무니없는 소리를 지껄였다.

"나는 그리스도 교도야. 나는 이분께서 그대의 죄를 용서해 주시기를 바라고 있어. 어찌하여 그대는 그리스도가 그대를 위해 고통을 당하셨다는 것을 믿지 않는단 말인가!"

판사는 내게 반말을 쓰고 있었다. 나는 진절머리가 났다. 더위는 한층 더 극성을 부리고 있었다. 나는 별로 이야기를 듣고 싶지 않은 사람으로부터 헤어나기 위해 그의 이야기에 수긍하는 척했다. 그랬더니 놀랍게도 그는 승리를 한 듯이 의기양양해져서 "그것 봐, 당신도 믿고 있잖아, 이젠 하나님께 마음을 바치겠지?" 하고 말했다. 나는 물론 또 다시 그렇지 않다고 대답했다. 그는 다시금 의자에 털썩 주저앉았다.

그는 몹시 피곤해 보였다. 잠시 침묵이 흘렀으나 그동안에도 타이프는 여전히 찍히고 있었으며, 마지막 이야기를 계속하여 치고 있었다. 그는 나를 애처롭게 바라보더니 당신처럼 고집이 센 사람은 처음이라고 중얼거렸다.

"내 앞에서 이 고뇌의 십자가를 보고 눈물을 흘리지 않은 죄인은 한 사람도 없었소."

나는 그것은 그들이 죄인이었으니까 그런 거라고 대답하려 했다. 그러나 나도 그들과 다름없음을 생각했다. 그렇다고는 해도 나로서는 갑작스러운 믿음을 가지기는 어려운 것이었다.

심문이 끝난 모양인지 판사가 일어섰다. 그는 여전히 피로에 지친 표정으로 내가 한 일을 후회하느냐고 물었다. 나는 잠시 생각에 잠긴 후, 후회라기보다는 일종의 성가심을 느낀다고 대답했다. 그는 나를 도저히 이해하지 못하겠다는 표정이 되었다. 그날은 그것으로 끝나고 이야기는 더 진전되지 못했다.

그 후, 나는 수차례 예심판사를 만났다. 그때마다 나는 변호사와 동행했다. 심문은 다만 지난번에 진술한 어떤 점을 좀 더 상세하게 이야기하도록 하는 데에 그쳤다. 그렇지 않으면 판사는 나의 변호사와 직무에 관한 토론을 하는 것이었다. 그럴 땐 그들은 나를 조금도 돌보지 않았다. 심문의 방식이 점차 달라졌다. 판사는 이미 나에게는 관심이 없는 듯했고, 말하자면 그는 내 사건의 성격을 나름대로 규정지어 버린 것 같았다.

판사는 이제 하나님의 얘기는 입 밖에 내지도 않았고 전번처럼 흥분에 휩싸이는 일도 없었다. 그 결과로 우리들의 대화는 차츰 부드러워졌다. 몇 번의 질문과 나의 변호사와의 잠깐의 대화 후면 심문은 끝나는 것이었다. 판사는 나의 사건이 순조롭게 진행되어가고 있다고 말했다. 가끔 이야기가 일상적인 성격을 띠게 되면 나도 거기에 한몫 끼곤 했다. 그제야 나도 한숨 돌릴 수 있었다. 그럴 때엔 아무도 나에게 심하게 굴지 않았기 때문이다.

모든 것이 자연스럽고 침착하게 꾸려져서, 나는 가족과 함께 있는 것 같은 엉뚱한 착각에 빠지기도 하였다. 11개월 동안이나 이어진 예심을 치르면서 나서 나는 가끔 판사가 방문까지 따라 나서며 "오늘은 이만 끝났소. 무신론자 나리." 하고 어깨를 다정하게 두드려 주던 그 순간이 무엇보다도 즐거웠다는 사실에 놀라지 않을 수 없었다.

판사의 방에서 나오면 나는 다시 헌병의 손에 의해 인도되었다.

2

결코 이야기하고 싶지 않은 일도 있다. 형무소에 들어와 며칠이 흐르고 난 뒤, 나는 살아가면서 이 부분에 대한 일만은 남에게 이야기하고 싶지 않음을 느꼈다.

시간이 흘러, 그러한 혐오감은 대수롭지 않게 여기게 되었다. 처음에는 형무소에 있다는 것이 실감나지 않았다. 나는 막연히 어떤 새로운 사건을 기다리고 있었다. 모든 일이 시작된 것은 단 한 번뿐인 마리의 방문이 있고 난 다음부터였다. 즉 마리의 편지를 받은 날로부터(나의 아내가 아니라고 해서 이제는 면회를 허락하지 않는다고, 마리는 편지에서 말하고 있었다) 나는 감방이 내 집이고, 나의 생활은 그 안에 한정되어 있음을 깨닫게 되었다.

체포되던 날, 나는 우선 유치장에서 지내게 되었다. 유치장에 있는 사람들은 대부분 아랍인이었다. 그들은 나를 보고 무슨 죄로 들어왔냐고 물었다. 아랍인 한 명을 죽였다고 하니까 모두들 입을 다물어 버렸다. 저녁이 되자 그들은 누워서 잘 돗자리 펴는 법을 가르쳐 주었다. 한 끝을 말아서 베개로 사용할 수 있다는 것이었다. 밤새도록 빈대가 얼굴 위로 기어 다녔다.

며칠 후, 나는 독방으로 격리되어 널빤지 위에서 자게 되었다. 변기와 쇠로 만든 대야가 있었다. 그 형무소는 시가지 꼭대기에 위치하고 있어서 조그만 창으로 바다가 보였다. 어느 날 철장에 매달려 햇빛을 쬐려는데 간수가 들어와 면회 온 사람이 있다고 하였다. 나는 마리려니 생각했는데, 과연 그녀였다.

면회실은 세로로 막고 있는 두 개의 커다란 철책에 의하여 길게 나뉘어 있었다. 철책 사이에는 8미터 내지 10미터 가량 되는 간격이 있어서 면회인과 죄수를 분리하고 있었다. 줄무늬가 있는 옷을 입고 얼굴이 햇볕에 그을린 마리가 보였다. 내가 서 있는 쪽은 10여 명의 죄수들이 있었는데 대부분 아랍인들이었다. 마리는 몇몇 사람들에게 둘러싸여 두 명의 여자 면회인 중앙에 끼어 있었다. 한 여자는 검은 옷을 입은 노파였고, 또 한 여자는 모자를 쓰지 않은 뚱뚱한 체형으로 몸짓을 많이 하며 목청을 돋우어서 지껄이고 있었다.

철책 간의 거리로 인해 면회인이나 죄수들은 큰 소리로 이야기하지 않을 수 없었다. 방 안에 들어섰을 때, 나는 넓고 편편한 벽에 부딪치는 요란한 목소리와 하늘에서 유리창을 통하여 방으로 들어오는 눈부신 햇빛 때문에 잠시 얼떨떨했다. 나의 감방은 그보다 조용하고 어두웠다. 그래서 그곳에 익숙하기에는 약간의 시간이 필요했다. 마침내 나는 밝은 빛에 드러난 얼굴들을 볼 수 있게 되었다. 간수 한 사람이 복도 끝에 앉아 있는 것이 보였다. 대부분의 아랍인 죄수들과 그 가족들은 서로 마주 보며 웅크리고 앉아 있었다. 그들은 소리를 지르지는 않았다. 그처럼 소란한 가운데서도 나직한 말로 서로의 의사를 교환했다.

나는 마리에게로 다가섰다. 마리는 벌써 철책에 달라붙어 애써 웃음을 지어 보였다. 나는 그녀가 매우 아름답다고 생각했으나 입 밖으로 내지는 못했다.

"좀 어때요?"

마리는 목청을 돋우어서 말했다.

"괜찮아."

"불편하지 않으세요? 뭐 필요한 건 없고요?"

"아무것도 필요 없어."

나는 대화를 중단했다. 마리는 여전히 웃고 있었다. 뚱뚱한 여자는 내 옆의 사나이를 향하여 울부짖고 있었다. 남편인 듯했으며 순진한 눈매를 가졌고 키가 훤칠한 금발의 사나이였다. 그들은 어떤 대화를 나누고 있는 중이었다.

"잔느가 그를 붙잡으려 하질 않아요."

여자는 고래고래 소리를 질렀다.

"그래?"

사나이가 대답했다.

"당신이 나오기만 하면 꼭 데려올 것이라고 말했지만 그래도 말을 듣지 않아요."

그때 마리도 레이몽이 안부를 전하더라고 소리를 질러서 나는 고맙다고 대답했다. 그러나 나의 목소리는 "그 녀석은 잘 있는가?" 하고 묻는 내 옆의 사나이 목소리에 묻혀 버리고 말았다. 그의 아내는 "몸이 아주 좋아졌어요." 하고 말하면서 웃었다. 내 왼편의 손이 가냘프고 키가 작은 청년은 아무 말이 없었다. 그 둘은 선 채로 자그마한 노파와 뚫어지게 서로 마주 보고 있었다. 나는 그들을 더 관찰할 여유가 없었다. 마리가 희망을 가져야 한다고 소리쳤기 때문이다. 그래서 나는 "그야 그렇지." 하고 대답했다.

그와 동시에 나는 마리를 껴안고 싶은 충동에 사로잡혔다. 나는 그녀의 몸을 감싸고 있는 얇은 천에 마음이 동요함을 느꼈다. 그리고 그것 이외에는 다른 어떤 희망도 없음 깨달았다. 그녀는 여전히 웃고 있었다. 이제 나에게는 그녀의 가지런하고 반짝이는 이와 눈가의 잔주름밖에는 보이지 않았다. 마리는 다시 소리쳤다.

"나오면 우리 결혼해요!"

"정말이야?"

나는 그렇게 대답했으나 그것은 다름 아닌 대화를 계속

이어나가기 위해서였다. 그러자 마리는 빠르고 높은 음성으로 정말이라고 하며, 석방되면 또 해수욕을 하러 가자고 하였다. 옆의 여자도 고함을 지르며 사무실에 바구니를 두고 왔다면서 그 속에 들어 있는 물건을 일일이 알려주었다. 돈이 많이 들어 있으니 정확하게 확인해 둘 필요가 있다는 것이었다. 내 왼편의 청년과 어머니는 여전히 서로 마주 보고 있었다.

아랍인들이 중얼거리는 소리는 아직도 우리들의 발밑에서 들려오고 있었다. 밖에서는 햇빛이 창문에 부딪쳐 부서졌고 그 조각 빛은 사람들의 얼굴에 내려앉았다. 나는 몸이 좀 피곤한 것 같아 밖으로 나오고 싶었다. 시끄러운 소리 때문에 기분이 언짢았다. 그러면서도 한편으론 마리를 좀 더 보고 싶었다.

그 후로 얼마나 시간이 지났는지는 모른다. 마리는 자기 일에 관한 얘기를 하면서 줄곧 웃고 있었다. 속삭이는 소리, 외치는 소리, 주고받는 소리들이 서로 뒤섞이고 있었다. 젊은이와 노파 두 사람만이 침묵을 지키고 있었다. 아랍인들이 하나둘 끌려 나가기 시작했다. 맨 앞사람이 나가자 거의 모든 사람이 일시에 대화를 중단했다. 키가 작은 노파가 철책 앞으로 다가섰다. 그와 동시에 간수가 노파와 아들에게 신호를 보냈다. 아들이 "안녕히 가세요, 어머니!" 하고 말하자 노파는 두 창살 사이로 손을 들이밀어 아들에게 조그마한 손짓을 했다.

노파가 나가자, 남자 한 사람이 들어와 자기 자리에 앉았다. 곧 죄수 한 사람이 끌려 들어왔으며, 그들은 낮은 음성으로 활기 있게 대화를 시작했다. 방 안이 다시금 조용해졌기 때문이다. 내 오른쪽에 있던 사나이가 불려 나갈 차례가 되자 그의 아내는 소리를 크게 지를 필요가 없게 된 것을 모르는지 여전히 커다란 음성으로 말했다.

"몸조심 하시고, 아무쪼록 주의하셔야 해요."

마침내 내 차례가 되었다. 마리는 키스를 보낸다는 시늉을 해보였다. 나는 방을 나서기 전에 돌아보았다. 마리는 여전히 분위기에 억눌려 어색한 웃음을 지으며 우두커니 서 있었다.

마리의 편지를 받은 것은 그로부터 며칠 뒤의 일이었다. 내가 끝내 이야기하고 싶지 않았던 일이 시작된 것도 그때부터였다. 어찌되었든 어떤 것이든 과장하는 것은 좋지 않은데, 그것은 다른 사람들에 비해 나에게는 그다지 힘든 일이 아니었다.

형무소에 수감되면서 가장 힘들었던 것은 내가 자유로운 사람처럼 생각하는 것이었다. 이를테면 바닷가로 가서 물속으로 들어가고 싶은 욕망이라든가, 발밑의 해초에 부딪히는 파도소리, 물속에 몸을 담갔을 때의 촉감, 그런 것을 상상할 때면 갑자기 감옥의 담벼락이 얼마나 견고하게 나를 둘러싸고 있는가를 새삼 느끼는 것이다. 수개월 동안 그 느낌은 없어지지 않았다. 그다음에는 죄수로서의 생각밖에 없었다. 날마다 안마당에서 산책을 하지 않으면 변호사가 오기를 기다리는 것이 내 일과였다. 나머지 시간은 그럭저럭 보낼 수 있었다.

그 당시 나는, 만약 마른 나무 둥치 안에서 살게 되어 머리 위 하늘에서 피어나는 꽃을 보는 것 이외에는 다른 무엇도 하지 못하게 된다고 해도, 그런 생활에 점점 익숙해지리라고 생각했다. 그러고는 지나가는 새들이나 마주치는 구름을 기다렸을 것이다. 마치 지금 여기에서 변호사의 야릇한 넥타이가 지나가기를 기다리듯이, 혹은 저 바깥세상에서 마리의 육체를 껴안을 것을 기다리며 토요일까지 참고 지냈듯이, 그러나 다시 생각해 보면 나는 마른 나무 둥치 속에 살고 있는 것은 아니었다. 나보다 더 불행한 사람들도 있는 것이다. 어머니의 생각도 마찬가지여서 항상 입버릇처럼 사람은 무엇에나 결국은 익숙해지게 마련이라고 말했었다.

그러나 나는 그런 지경에까지 이른 적은 없었다. 처음 몇 달은 고통스럽긴 하였지만 잘 참아 낸 덕분에 그럭저럭 넘길 수 있었다. 예를 들면 여자에 대한 정욕 등이 고민거리였다. 젊었기 때문에 더 그럴 수밖에 없었다. 꼭 마리만을 생각하는 것이 아니라 그저 어떤 여자, 여러 여자들, 내 주변에 있던 모든 여자들의 모습을 떠올리며 욕망에 사로잡히는 것이다. 그것들은 한편으로는 나의 마음을 어지럽혔으나, 또 한편으로는 긴 지루함을 견딜 수 있게 도와주었던 것이다.

마침내 나는 간수장에게 그 사실을 털어놓게 되었다. 여자에 대한 얘기를 시작한 것은 간수장이었다. 그는 다른 사람들도 그것을 가장 못 견뎌 한다고 말했다. 나는 그러한 대우를 탐탁지 않게 생각한다고 대꾸했다.

"당신네들을 감옥에 가두는 것은 바로 그 때문이라오."

간수장이 말했다.

"그게 무슨 뜻이지요?"

"자유라는 것, 그것을 당신네들로부터 빼앗은 거란 말입니다."

나는 그것에 대하여 생각해 본 적이 없었다. 그러나 고개를 끄덕이며 말했다.

"하긴 그래요. 그렇지 않다면 징벌이 무슨 필요겠어요."

"당신은 이해를 하는군요. 하지만 다른 사람들은 그렇지 못해요. 결국 그것을 인정해야 하겠지만……."

그리고 담배도 문제였다. 형무소로 들어왔을 때, 나는 허리띠, 넥타이, 구두끈, 호주머니에 들어 있는 모든 것, 특히 담배를 빼앗겼다. 감방으로 옮겨와 돌려달라고 했지만, 그것은 금지되어 있다는 것이었다. 며칠 동안 나는 담배를 피우지 못해 공황상태에까지 이르렀다. 내가 가장 고통스러워한 것은 담배 때문이었다. 나는 담배 생각이 나면 침대 판자를 뜯어서 그 나무 조각을 빨곤 했었다. 하루 종일 구역질에 시달렸다. 아무에게도 해가 되지 않는 것을 왜 몰수하는지 이해할 수가 없었다. 나중에 나는 그것 또한 징벌의 일종임을 알았다. 그러나 그때는 벌써 담배를 피우지 않는 일에 익숙해져서, 나에겐 더 이상 그것은 징벌이 되지 못했다.

그러한 고통이 없다면 나는 그다지 불행하지도 않은 것이었다. 문제가 있다면 지루한 시간을 어떻게 보내느냐 하는 것에 있을 뿐이었다. 그러나 과거의 추억을 더듬어가는 것을 배운 뒤부터는 심심해서 못 견디는 일도 사라지게 되었다. 때때로 나는 내 방을 머릿속에 떠올렸다. 그 한구석에서부터 시작하여 한 바퀴 돌아서 다시 원래의 자리로 되돌아오는 것인데, 그러면서 도중에 있는 것을 점검해 보기도 하는 것이었다. 처음에는 아주 빨리 끝났는데 그 뒤로는 다시 되풀이할 때마다 조금씩 시간이 길어졌다.

왜냐하면 방 안에 있는 가구들 전부를 하나씩 생각하고, 그 가구 안에 들어 있는 물건들을 하나씩 생각했고 또 그 물건들을 세밀하게 분석했는데, 그 섬세한 부분들, 누각의 흠결이라든지 이가 빠진 부분이라든지 심지어는 그 빛깔

또는 결 같은 것에 대해서도 생각했기 때문이다.

그 일과 함께 나는 내 재산 목록에 무엇 하나 빠짐없이 완전한 일람표를 작성하도록 애를 썼다. 그리하여 몇 주일 후에는 내 방 안에 있는 것들을 따져보는 것만으로도 많은 시간을 보낼 수 있었다. 그때 나는 오직 하루밖에 살지 못하는 사람이라도 형무소 안에서는 백년을 어렵지 않게 지낼 수 있으리라는 것을 알았다. 하루밖에 남지 않은 사람이라도, 추억을 느끼기 위한 충분한 시간을 갖게 될 것이다. 어떤 의미에서 그것은 근사한 일이기도 했다.

또한 잠도 고통거리 중의 하나였다. 처음에는 밤에도 잠이 안 왔고, 낮에는 말할 것도 없었다. 차츰 밤에 자는 데 익숙해졌으며 낮에도 잘 수 있게 되었다. 마지막 몇 개월 동안은 열여섯 시간 내지 열여덟 시간씩 잤다. 그리하여 남은 것은 여섯 시간이었는데, 그것은 식사나 대소변을 보거나 추억을 더듬거나 체코슬로바키아의 이야기를 읽는 일로 보내면 되는 것이다.

나는 밀짚으로 된 돗자리와 침대 판자 사이에서 한 장의 옛 신문을 발견했다. 피륙에 들러붙어서 노랗게 빛이 바래고 앞뒤가 비쳐 보였다. 첫 문장은 찢어져 없었으나 체코슬로바키아에서 일어난 듯한 기사가 실려 있었다. 한 사나이가 체코의 한 마을로부터 돈벌이를 떠났다가 25년 후에 부자가 되어서 아내와 어린애 하나를 데리고 귀향했다. 그 사나이의 어머니는 그의 누이와 함께 고향에서 호텔을 경영하고 있었다. 그 사나이는 어머니와 누이를 놀라게 해주려고 아내와 아들을 다른 호텔에 머무르게 하고는 자기만 어머니의 집으로 갔는데 그의 어머니는 자식을 알아보지 못했다.

그 사나이는 장난을 할 셈으로 방을 잡고 돈 가방을 내보였다. 그날 밤 그의 어머니와 누이는 그를 망치로 쳐 죽이고 돈을 훔친 다음, 시체를 강물 속에 던져 버렸다. 다음 날 아침, 사나이의 아내가 와서 무심결에 그 남자의 신분을 밝혔다. 그 말을 들은 어머니는 목을 매고, 누이는 우물 속에 빠져 죽었다는 것이다.

아마 나는 이 이야기를 수천 번은 읽었을 것이다. 한편으로 그것은 사실 같지 않은 일이었지만 또 한편으로는 그럴 법한 이야기였다. 어쨌든 결과가 그렇게 된 것은 길손에게도 책임이 좀 있으며 장난이라는 것은 함부로 하는 게 아니라는 생각이 들었다.

추억에 젖고, 잠을 자고, 3면 기사를 읽는 동안 빛과 어둠이 번갈아 찾아들고, 그렇게 하루하루 시간은 흘러가고 있었다. 감옥 생활을 하다 보면 시간 관념을 잊는다는 것을 읽은 적이 있지만 그때는 그러한 것이 별로 흥미를 끌지 못했었다. 한나절이 얼마나 길고 짧은지 나는 알지 못했던 것이다. 물론 하루를 보내는 것이 길기는 하지만, 정말 너무 길게 늘어져서 축 늘어진 꼴이었다. 그리하여 세월은 이름을 잊어버리게 되었다. 어제 혹은 내일이라는 말만이 의미를 잃지 않고 있을 뿐이었다.

감방에 들어온 지 5개월이 지났다는 말을 간수에게 들었을 때, 나는 그의 말을 믿었으나 반면에 그 말을 이해할 수 없었다. 나로서는 언제나 같은 날이 내 감방에서 시작되었고 언제나 같은 일을 반복하고 있었기 때문이다. 그날 간수가 사라진 뒤에 나는 쇠로 만든 밥그릇에 비친 나의 얼굴을 들여다보았다. 내 모습은 아무리 마주 보며 웃으려 해도 굳은 표정으로 가만히 있는 듯 했다. 나는 빙그레 웃음을 지었으나 쇠그릇에 비쳐진 얼굴은 여전히 슬프고 굳어진 표정이었다.

날이 저물어가고 있었다. 형무소 아래층의 곳곳에서 저녁의 어스름 소리가 침묵 속에 행렬을 지어 기어오고 있었다. 나는 천장에 뚫린 창문으로 가까이 가서 마지막 빛 속으로 나의 모습을 들여다보았다. 조금 전과 다름없는 굳은 표정이었으나 별로 놀라운 일은 아니었다. 마음이 굳어 있었던 만큼 표정도 그와 마찬가지로 나타난 것뿐일 테니. 그와 동시에 나는 몇 달 전 이래 처음으로 내 목소리를 똑똑히 들을 수 있었다. 나는 그것이 오래전부터 내 귓전에 울리고 있던 소리임을 알아차렸다. 그동안 나는 혼자서 얘기하고 있었던 것이다.

나는 어머니의 장례식이 있던 날, 간호사가 내게 속삭이던 말을 기억해냈다. 어쨌든 정말 그 무엇도 어찌할 도리가 없는 것이다. 그리고 형무소 안의 저녁에 대해서 관심을 기울이는 사람도 없는 것이다. 바깥세상에서 사는 사람들 중에서 그 누구도 형무소에서의 밤이 어떤 것인지 느끼는 사람은 없을 테니까.

3

그해 여름이 지나고 어느새 다음 해 여름이 되었다. 나는 더위가 심해짐에 따라 어떤 새로운 일이 일어날 것 같은 예감이 들었다. 나의 사건은 중죄 재판소의 마지막 회기에 심의할 예정으로 기록되어 있었는데 그 회기는 6월로 끝이 나는 것이었다. 공판이 시작되었을 때, 밖에서는 햇볕이 따갑게 내리쬐고 있었다. 변호사는 공판이 2, 3일 이상은 계속되지 않을 것이라고 확언하였다.

"당신의 사건이 이번 회기의 가장 중요한 사건은 아니니까 재판정에서도 서두를 겁니다. 곧이어 부모 살해 사건을 심의하게 되어 있으니까요."

마지막으로 그가 말했다.

나는 아침 7시 30분에 호송마차로 재판소까지 이송되었다. 그리하여 헌병 두 사람의 지시에 따라 어두컴컴한 작은 방으로 들어갔다. 우리는 거기에 앉아 기다렸는데, 옆으로 문이 하나 있어 그 뒤로 말소리, 호명 소리, 의자 소리, 그리고 이런저런 뒤숭숭한 소리가 들려왔다. 헌병들은 재판이 끝날 때까지 기다려야 한다고 말했다. 한 헌병이 담배를 권했으나 나는 거절했다. 담배를 다시 집어넣으며 겁이 나냐고 묻기에 나는 아니라고 대답했다. 어떤 의미로는 재판 사건을 본다는 것이 흥미롭게까지 생각되었다. 사실 나는 평생에 한 번도 그런 기회를 가져보지 못했던 것이다.

"물론 볼만하지요. 그렇지만 결국 싫증이 나고 말아요."

또 다른 헌병이 말했다.

곧이어, 짧은 벨소리가 방 안에 울렸다. 헌병들이 나의 수갑을 풀고는 문을 열고 안으로 들어갔다. 법정은 사람들로 가득 차 있었다. 나는 의자에 앉았고 헌병들은 나의 좌우에 자리를 잡았다. 내 앞에 나란히 열을 지은 얼굴들이 보인 것은 바로 그때였다. 나는 그들이 배심원이라는 것을 알 수 있었다. 그러나 그들 각각의 인상에 대해서는 말 할 수가 없다. 내가 받은 인상은 다만 한 가지밖에 없었다. 이를테면 열차 안의 좌석을 보고 있는 것 같아서, 그 나란히 앉은 승객들이 방금 건너편 의자에 앉은 새로운 승객에게서 웃음거리를 찾기 위해 훑어보는 것 같은 느낌이었다. 그러나 그것이 어리석은 생각이라는 것을 나는 잘 안다. 왜냐하면 그 배심원들이 찾고 있는 것은 웃음거리가 아니라 '죄'이니까.

나는 또 방 안에 들어찬 사람들 때문에 약간은 어리둥절해 있었다. 나는 그 모든 사람들이 나를 보려고 모여들었다는 사실을 이해할 수가 없었다. 여태껏 사람들은 나에게 관심을 갖고 있지 않았던 것이다. 내가 이 모든 소란함의 원인이라는 것을 이해하기 위해서는 조금 더 노력이 필요했다.

"왜 사람들이 이렇게 많을까?"

어떤 사람이 헌병에게 묻자 헌병은 신문 때문이라고 하면서 배심원석 아래에 있는 책상 옆에 한 패를 가리키며 말했다.

"저기들 와 있소."

"누구 말이요?"

내가 묻자 그는 다시 "신문 기자들 말입니다."라고 대답했다.

그때 이 헌병을 알고 있는 기자가 우리들에게로 다가왔다. 나이가 들어 보이는 얼굴에 약간 찡그린 인상을 하고 있었지만 호감이 가는 사람이었다. 그는 매우 다정한 몸짓으로 헌병과 악수를 했다.

그때 나는 마치 클럽에서 같은 패거리의 사람들이 서로 만나서 즐거워하듯, 모든 사람들이 서로 아는 얼굴을 찾아서 이야기를 주고받는 것을 보았다. 또 어쩐지 스스로가 이방인 같은 느낌이 들었고, 필요 없는 존재라는 생각이 들었다.

신문기자는 미소를 지으면서 나에게 말을 걸었다. 그는 모든 것이 나에게 유리하게 되기를 바란다고 말했다. 나는 고맙다고 대답했다.

"우리들은 당신의 사건에 공을 좀 들였습니다. 여름은 신문들이 잘 팔리지 않는 때죠. 기삿거리가 될 만한 것은 당신 사건과 부모 살해 사건밖에 없어요."

그는 덧붙였다. 그리고 그와 같이 앉아 있던 검은 테의 큼직한 안경을 쓴, 키가 작고 뚱뚱한 사나이를 가리키며 《파리》 신문의 특파원이라고 말했다.

"당신의 사건 때문에 온 건 아닙니다만, 존속 살해사건에 관한 보고를 하기로 되어 있어서 동시에 당신의 사건도 기사로 만들어 보내라고 했습니다."

기자는 나에게 살며시 다정한 손짓을 보이고는 가버렸다. 우리는 또 몇 분을 기다렸다. 나의 변호사는 법복을 입고 여러 동료들에게 둘러싸여 들어왔다. 마침내 법정 안에 벨이 울리고 모두들 자리에 앉았다. 나의 변호사는 나에게, 질문을 받으면 짤막하게 대답하고, 이쪽에서 먼저 뭐라고 말하지 말라고 했다. 그 외의 일은 자기에게 맡기도록 하라고 권고했다.

붉은 법복을 입고 코에 안경을 걸친, 키가 크고 호리호리한 사나이가 조심스럽게 옷을 여미며 앉는 것이 보였다. 그가 검사였다. 서기 한 사람이 개정을 보고했다. 동시에 두 개의 커다란 선풍기가 윙윙거리며 돌아가기 시작했다. 판사 세 사람이 들어왔는데 둘은 검정 옷을 입었고 한 명은 붉은 옷을 입었다. 붉은 옷을 입은 사나이가 중앙에 자리 잡고 앉았다. 그러고 나서 재판 개시를 선언하였다.

신문기자들의 손에는 벌써 만년필이 쥐어져 있었다. 그들은 모두 무심하고 비웃는 태도였다. 그러나 플란넬 옷을 입고 푸른 넥타이를 맨 아주 젊은 청년 한 명만은 만년필을 앞에 놓은 채 나를 바라보고 있었다. 약간 균형이 잡히지 않은 얼굴에서는 매우 맑은 두 눈밖에 보이지 않았다. 그 눈은 물끄러미 날 바라보고 있었는데, 이렇다 할 아무것도 표현하고 있지 않았다. 나 자신이 나를 보고 있는 듯한 야릇한 기분이 들었다. 아마도 그 때문에, 그리고 또 내가 그곳의 관례를 몰랐기 때문에 나는 뒤이어 일어난 모든 일을 잘 이해할 수가 없었던 모양이다. 배심원들의 추첨과 변호사, 검사, 배심원에 대한 재판장의 질문(질문을 받을 때마다 배심원의 머리들이 일제히 재판장 석으로 향하는 것이었다) 기소장의 빠른 낭독─그 속에서 나는 지명들과 인명들을 알아들을 수 있었다.─그리고 다음 변호사에 대한 질문이 계속 되었다.

재판장이 증인 호출을 하겠다고 말했다. 서기가 그 이름들을 불렀다. 방청객들 속으로부터 한 사람씩 일어서서 옆문으로 나가는 것이 보였다. 양로원 원장, 수위, 페레 영감, 레이몽, 마송, 살라마노, 마리.

마리는 나에게 살며시 근심 가득한 표정을 보였다. 나는 그들이 아직까지 눈에 띄지 않았던 것을 이상하게 생각하고 있었는데, 바로 그때 마지막으로 이름이 불려서 셀레스트가 일어섰다. 그의 곁에 언젠가 레스토랑에서 보았던 키가 자그마한 여자가 그 재킷을 입고 확신에 찬 자세로 앉아 있었다. 그녀는 나를 뚫어지게 바라보고 있었다. 그러나 재판장이 또 이야기를 시작하여 나는 생각해 볼 시간적 여유를 갖지 못했다.

정식 변론이 이제부터 시작될 것이라고 말하며, 사건의 변론을 공명정대하게 진행시키는 것이 자기의 직분으로, 자기는 사건을 객관적인 눈으로 보려고 한다는 것이었다. 배심원들이 내리는 결정은 정의의 정신에 입각해야 할 것이라고 당부했다. 어쨌든 조그만 사고라도 있으면 방청객들에게 퇴장 명령을 내릴 것이라고 하였다.

더위는 더 심해졌다. 방청석에는 신문으로 부채질하는 사람 몇몇이 보였다. 재판장이 손짓을 하자 서기가 짚으로 된 부채 세 개를 가져왔다. 세 명의 판사는 즉시 그것을 사용했다.

나에 대한 심문이 시작되었다.

재판장은 부드럽고, 다정해 보이기까지 한 어조로 내게 질문을 시작했다. 또다시 나의 신분에 관한 질문에 귀찮기는 했지만 당연한 일이라고 생각했다. 다른 사람을 잘못 알고 재판을 한다면, 그건 너무나도 중대한 실수이기 때문이다. 그리고 재판장은 내가 한 행위에 대해 얘기했는데, 두서너 마디하고는 "그렇지요?" 하고 나에게 다짐을 하곤 했다. 그럴 때마다 나는 변호사의 지시에 따라 "예, 그렇습니다." 라고 대답했다. 신문기자들은 계속 받아쓰고 있었다. 그중 젊은 기자의 시선과 키가 자그마한 꼭두각시 같은 여자의 시선을 느꼈다. 열차의 좌석에 앉아 있는 것 같은 사람들은 모두 재판장에게로 고개를 돌리고 있었다. 재판장은 기침을 하고, 서류를 뒤지면서 나를 바라보았다. 그러면서 이제부터는 이 사건과 매우 밀접한 관계를 가진 문제들을 심의

해야겠다고 말했다. 또 어머니의 이야기를 하려는가 보다 생각하니 몹시 귀찮게 여겨졌다. 재판장은 왜 어머니를 양로원에 보냈냐고 물었다. 나는 어머니를 부양할 돈이 없었기 때문이라고 대답했다. 가슴이 아픈 일이었냐고 묻기에, 나는 어머니도 그렇고 나도 그렇고 우리는 이미 아무것도 기대할 것이 없었고, 또 누구에게도 기대하지 않았으며, 그리고 각기 새로운 생활에 익숙해져 버렸다고 대답하였다. 그러자 재판장은 그 점에 관해서는 더 논의하지 않겠노라고 말했다. 그리고 검사에게 다른 질문이 없느냐고 물었다.

검사는 나에게서 절반쯤 등을 돌리고 있었다. 그러면서 나를 쳐다보지도 않고 질문을 했다.

아라비아 사람을 죽일 생각으로 혼자 샘으로 되돌아갔는지 알고 싶다고 했다.

"아닙니다."

나는 말했다.

"그렇다면 왜 무기는 갖고 있었습니까? 그리고 그곳으로 바로 돌아간 이유는 뭡니까?"

나는 그것은 우연이라고 대답했다. 검사는 약간 화가 난 듯 "지금은 그만하겠습니다." 하고 말했다. 모든 것이 좀 애매했다. 적어도 나에게는 그랬다. 그러나 잠시 의논을 하고 나서 재판장은 폐정을 선언하고, 오후에는 증인 심문이 있을 것이라고 말했다. 나는 생각할 틈이 전혀 없었다. 그리고 호송마차에 실려 형무소로 돌아와 점심을 먹었다. 피곤함을 겨우 느낄 만한 짧은 시간이 지나자, 나는 또 불려나갔다.

재판은 다시 시작되었으며, 나는 같은 방, 같은 얼굴들 앞에 앉았다. 더위가 더 심해져 모든 사람들이 밀짚부채를 손에 들고 있었다. 젊은 기자와 자그마한 여자도 여전히 그 자리에 앉아 있었다. 그들은 부채질을 하지 않고 침묵을 지킨 채 여전히 나를 바라보고 있었다. 나는 얼굴에 흐르는 땀을 닦았다. 그리고 양로원 원장의 이름이 호명되는 것을 들었을 때에야 비로소 내가 있는 장소와 나 자신의 상황에 대한 의식을 희미하게나마 회복할 수 있었다.

어머니가 나에 대한 불평을 말하더냐고 질문하자 원장은 그렇다고 대답했다. 그러나 그것은 또한 재원자들에게 자주 일어나는 일종의 괴벽이라고 덧붙였다. 내가 어머니를 양로원으로 보낸 것을 어머니가 못마땅하게 생각했느냐고 재판장이 묻자 원장은 또 그렇다고 대답했다. 그러나 이번에는 아무 설명도 덧붙이지 않았다. 또 다른 질문에 대하여, 원장은 장례식 날 냉정한 나를 보고 놀랐었다고 대답했다. 냉정한 것이 어떤 의미냐고 묻자, 원장은 구두 끝을 내려다보고 나서 계속 말을 했다. 어머니를 보려고 하지도 않고, 눈물도 흘리지 않았고, 장례식이 끝난 후에도 무덤 앞에서 묵도를 하지 않고 물러났다고 말했다. 그를 놀라게 한 일이 또 하나 있었다. 장의사의 일꾼 중 한 명이 내가 어머니의 나이를 모르더란 말을 들었다는 것이었다.

　잠시 침묵이 흐른 뒤, 재판장은 원장에게 지금껏 한 말이 확실히 나에 관한 것임에 틀림없느냐고 물었다. 원장이 그 질문의 뜻을 알아차리지 못한 것으로 안 재판관은 "법률상 그렇게 하는 것입니다." 하고 말했다. 그리고 재판장은 차석 검사에게 증인에 대해 질문할 것이 없느냐고 물었다. 검사는 "아, 없습니다. 그것으로 충분합니다." 하고 말했다. 나는 차석 검사의 목소리가 하도 의지 굳고, 나에게로 향한 승리의 표정이 확실했으므로 여러 해 만에 처음으로 울고 싶어졌다. 그것으로 이 모든 사람들이 나를 얼마나 미워하는지를 확인할 수 있었기 때문이다.

재판장은 배심원들과 나의 변호사에게 더 이상 질문할 게 없냐고 묻고는, 관리인의 증언을 들었다. 관리인은 자리에 나와 서며 나를 흘깃 바라보고는 눈길을 돌렸다. 그는 내가 어머니를 보고 싶어 하지 않았다는 것과 담배를 피웠다는 것, 그리고 잠을 자고 밀크 커피를 마신 것 등을 말하였다.

그때 나는 온 장내를 솟구치게 하는 그 무엇을 느꼈다. 그리고 새삼 나 자신이 죄인이라는 것을 깨달았다. 재판장은 관리인에게 밀크 커피와 담배에 관한 이야기를 한 번 더 시켰다. 차석 검사는 옅은 미소를 지으며 나를 바라보았다. 그때 나의 변호사가 관리인도 함께 담배를 피우지 않았느냐고 물었다. 이 질문을 들은 검사는 벌떡 일어서더니 "도 대체 누가 죄인입니까? 증언의 불리함을 은폐하기 위해 죄 과를 증인에게 뒤집어씌우는 방법은 말도 안 되는 일입니다. 어쨌건 이 증언이 치명적인 것은 틀림없는 사실입니다." 하고 외쳤다.

그러나 재판장은 변호사의 질문에 대답하라고 수위에게

말했다. 영감은 어쩔 줄 몰라 하며 "제가 잘못한 것은 잘 압니다. 그러나 권하신 담배를 거절하기가 미안했지요."라고 말했다. 끝으로 재판장은 나에게 할 말이 있느냐고 물었다. "없습니다. 다만 증인의 말이 옳다는 것을 말씀드립니다. 그에게 담배를 권한 것은 사실입니다."라고 대답했다. 그러자 수위는 약간의 놀라움과 일종의 감사의 눈초리로 나를 바라보았다. 수위는 잠시 주저하다가 밀크 커피를 권한 것은 자기라고 말하였다.

나의 변호사는 의기양양해져 배심원들은 그것을 충분히 고려해야 할 것이라고 외쳤다. 그러나 검사는 "물론 배심원들께서는 그것을 고려하실 겁니다. 하지만 아무 관계도 없는 사람으로서는 커피를 권할 수도 있습니다. 그러나 자기를 낳아 준 어머니의 시체 앞에서 아들이 되어서 모름지기 그것을 사양해야 했던 것은 아닌지 묻고 싶습니다." 하고 버럭 소리 질렀다. 관리인은 자기 자리로 돌아갔다.

페레가 증언할 차례가 되었다. 서기가 그를 증인대까지 부축하였다. 그는 어머니를 누구보다 잘 알고 있었다. 나는 장례식 날 한 번 만났을 뿐이라고 말했다. 그는 그날 내가 무엇을 하였는가 하는 질문에 "저는 그날 너무 슬퍼서 아무 것도 보지 못했습니다. 아무것도 보이지 않았지요. 나에게 는 너무 슬픈 일이었으니까요. 그래서 기절까지 했기 때문 에 저분은 보지 못했습니다." 하고 대답했다. 차석 검사는 내가 눈물을 흘리는 것이라도 보았냐고 물었다. 페레는 보 지 못했다고 대답했다. 그러자 검사는 "배심원들께서는 이 점을 고려하시기 바랍니다." 하고 말했다. 그러나 나의 변호 사는 페레에게 내가 눈물을 흘리지 않는 것을 보았느냐고 목청을 돋우어 물었다. 페레는 보지 못했다고 대답했다. 방 청객들이 웃었다. 나의 변호사는 소매를 걷어 붙이면서 단 호한 어조로 말했다.

"이 사건은 전부가 이 모양입니다. 모든 것이 사실이라지 만, 사실인 것은 하나도 없습니다."

검사는 무표정한 얼굴로 기록 문서의 제목을 연필로 꾹 누르고 있었다.

5분 동안의 휴식이 있자 변호사는 모두 잘되어 간다고 내게 말했다. 휴식이 끝나자 피고측의 요구로 호출된 셀레 스트의 증언이 있었다. 나의 처지를 변호하기 위한 것이었다. 셀레스트는 때때로 나에게 시선을 던지기도 하며 두 손으로 파나마 모자를 돌렸다. 그는 새 옷을 입었는데 가끔 일요일 날 나와 함께 경마 구경 갈 때 입던 것이었다. 칼라는 붙일 수가 없었던지 셔츠를 구리 단추로만 채우고 있었다. 내가 그의 손님이었느냐는 질문에 "그렇습니다. 그리고 친구이기도 했습니다." 하고 대답했다. 나를 어떻게 생각하느냐의 물음에는 사나이다운 사나이라고 대답했다. 사나이란 무슨 뜻이냐고 묻자, 그것이 무슨 뜻인지는 누구나 다 안다고 말했다. 또한 내가 내성적이냐는 질문에는 다만 쓸데없는 이야기는 하지 않는 성격이었다고 인정하였다.

차석 검사가 내가 식비는 어김없이 치렀냐고 묻자 셀레스트는 웃으면서 "그건 우리 둘만의 사사로운 일입니다." 하고 대답했다. 다시 나의 범죄를 어떻게 생각하느냐는 질문을 받자 그는 증인대 위에 손을 올렸다. 마치 할 말을 미리 준비해 놓았다는 태도 같았다.

"내 생각으로서는 그건 하나의 불행입니다. 누구나 불행이 어떠한 것인지는 짐작하고 있습니다. 불행이란 것은 어쩔 도리가 없습니다. 확실히 말씀드리지만 내 생각으로는 그건 하나의 불행입니다."

그는 더 계속하려고 했으나 재판장이 그만하면 됐다고 하였다. 셀레스트는 약간 당황하였다. 그는 좀 더 이야기를 하고 싶다고 말했다. 재판장은 짧게 얘기하도록 권고했다. 셀레스트는 또다시 그것은 하나의 불행이라고 되풀이했다. 그러자 재판장이 "예, 그것은 알았어요. 하지만 우리의 할 일은 그러한 불행을 심판하는 것입니다. 수고하셨어요." 하고 말했다.

최선을 다했지만 어쩔 수 없다는 듯이 셀레스트는 나에게로 고개를 돌렸다. 눈은 번쩍이고 입술은 떨리고 있었다. 좀 더 나를 위하여 자기가 할 수 있는 일이 무엇인가 묻고 있는 것 같았다. 나는 침묵을 지킨 채 아무런 몸짓도 하지 않았다. 그러나 한 사람의 인간을 껴안고 싶었던 것은 그때가 처음인 것 같았다. 재판장은 그에게 증언대에서 물러가도록 명령했다. 셀레스트는 좌석으로 가서 앉았다. 그는 나머지 심문이 끝날 때까지 모든 이야기에 귀를 기울이고 있었다.

마리가 들어왔다. 모자를 쓰고 있었는데 역시 아름다웠

다. 그러나 나는 머리를 풀었을 때가 더 좋았다. 내가 앉아 있는 곳에서도 그녀의 볼록한 젖가슴의 무게를 엿볼 수 있었다. 아래 입술이 조금 부풀어 보이는 것도 여전하였다. 매우 흥분하고 있는 듯 했다.

그녀는 언제부터 나를 알았느냐는 질문에, 우리 회사에서 같이 일하던 시기를 말했다. 재판장은 나와의 사이가 어느 정도인지를 알고 싶어 했다. 마리는 단순히 친구라고 대답했다. 또 다른 질문에 대해서는 나와 결혼을 하게 되어 있는 것은 사실이라고 대답했다. 서류를 뒤적이고 있던 검사가 갑자기 언제부터 우리들의 관계가 시작되었냐고 물었다. 마리는 그 날짜를 가리켰다. 검사는 태연히 그것은 어머니의 장례식이 있은 다음 날인 것 같다고 지적했다. 그리고는 약간 비웃는 말투로, 그같이 민감한 사정을 더 이상 묻고 싶지는 않고 또 마리의 두려움도 모르는 바 아니지만(여기에서 그의 어조는 무뚝뚝해졌다) 그는 자기의 의무상 부득이 예의를 초월할 수밖에 없다고 말했다. 그리고 검사는 마리에게 나와 관계를 맺게 된 그날 하루의 일을 요약하여 말해달라고 했다.

마리는 이야기하고 싶지 않았으나 검사의 강요에 못 이겨 해수욕 갔던 일, 영화 구경, 그리고 둘이서 나의 집으로 돌아온 일을 말했다. 차석 검사는 그때 상영한 영화 제목을 마리 자신의 입으로 말해주기 바란다고 덧붙였다. 마리는 거의 질린 음성으로 그것은 '페르넹델'의 영화였다고 대답했다. 그녀의 말이 끝나자 장내가 갑자기 조용해졌다. 그러자 검사는 심각한 표정으로 일어서더니 몹시 감동된 듯한 목소리로 나에게 손가락질을 하면서 천천히 또박또박 말했다.

"배심원 여러분, 어머니가 사망한 바로 다음 날, 이 사람은 해수욕을 하고, 부정한 관계를 맺고, 희극영화를 보고 좋아한 것입니다. 더 이상 말할 필요가 없습니다."

검사는 단호히 말한 후에 자리에 앉았다. 장내는 여전히 조용했다. 그때 마리가 흐느껴 울기 시작했다. 그러면서 그것은 사실이 아니고, 다른 많은 일이 있었으며, 사람들이 억지로 자기가 생각하는 것과는 반대로 이야기하도록 강요당했다는 것이다. 자기는 나를 잘 알고, 나는 아무것도 나쁜 일을 하지 않은 것이라고 말했다. 그러나 재판장이 손짓하자 서기가 그를 데려갔고 심문은 다시 계속 되었다.

마송이 나서서 나는 얌전한 사람일 뿐만 아니라 성실한 사람이라고 말했으나 아무도 들어주는 사람이 없었다. 살라마노도 내가 그의 개에 관한 일에 매우 친절하였다는 것을 말하고, 나의 어머니에 관한 질문에 대하여 나는 어머니에게 할 말이 아무것도 없었고, 그 때문에 내가 어머니를 양로원에 보낸 것이라고 대답했다. 하지만 역시 아무도 들어주는 사람이 없었다.

"알아주셔야 합니다. 꼭 알아주시기 바랍니다."

이와 같은 살라마노의 간절한 부탁의 말에도 귀담아 듣는 사람은 아무도 없었다. 그도 끌려 나갔다. 뒤이어 레이몽의 차례가 왔다. 그가 마지막 증인이었다. 레이몽은 나에게 손짓을 해 보이고는 다짜고짜로 나에게는 죄가 없다고 말하였다. 그러자 재판장은 그에게 요구하는 것은 판정이 아니라 사실이라면서 질문을 받고 대답을 하라고 주의 시켰다. 그와 피해자와의 관계가 어떠하였느냐 질문했다. 레이몽은 그 기회를 타서 그가 피해자의 누이 뺨을 때린 다음부터 피해자가 미워한 것은 자기라고 말했다. 그러자 재판장은 피해자가 나를 미워할 까닭이 있었는가를 물었다. 레이

143

몽은 사건 당시 나와 바닷가에 같이 있었던 것은 우연의 결과였다고 대답했다. 검사는 그러면 어째서 사건의 발단이 된 그 편지가 나의 손으로 쓰였느냐고 물었다. 레이몽은 그것도 우연이라고 말했다. 검사는 이 사건에 있어서 이미 여러 번 우연은 진상을 왜곡했다고 반박했다.

레이몽이 그의 정부의 빰을 때렸을 때 내가 말리지 않은 것도 우연인지, 내가 경찰서에 가서 증인이 된 것도 우연인지, 그때 나의 증언이 순전히 호의적이었던 것도 우연인지 알고 싶다고 했다. 마지막으로 검사는 레이몽에게 직업이 무엇이냐고 물었다. '창고 감독'이라고 대답하자 검사는 배심원들에게 증인이 매춘부의 뚜쟁이 노릇을 하고 있다는 것은 누구나 다 아는 사실이라고 말했다. 나는 그의 공범이요, 친구였다. 그러므로 나의 사건은 가장 비루한 종류의 음란한 범죄 사건이요, 더욱이 피고는 매우 흉폭한 파렴치한이라는 것이었다. 레이몽이 변명하려 했고, 나의 변호사도 항의했으나 재판장은 검사의 이야기를 끝까지 들어야 할 것이라고 말했다.

검사는 "나는 더 이상 길게 말하지 않겠습니다." 하고 말

한 다음, 레이몽에게 "피고는 당신의 친구였습니까?" 하고
물었다. 레이몽은 "그렇습니다. 나의 친구였습니다." 하고
대답했다. 그러자 검사가 나에게도 같은 질문을 했다. 나는
레이몽을 바라보았다. 그는 나에게서 눈을 돌리지 않았다.
나도 "그렇습니다." 하고 대답했다. 그러자 검사는 배심원에
게로 돌아서며 말했다.

"어머니가 사망한 다음 날, 가장 수치스러운 정사에 골몰
한 그 사람은 대수롭지 않은 이유로 무어라고 말할 수 없는
풍기 사건의 결말을 지으려고 살인을 한 것입니다."

검사는 말을 마치고 자리에 앉았다. 그러나 나의 변호사
는 참다 못해 두 팔을 높이 치켜들고 소리쳤다. 그 때문에
소매가 흘러내려 풀 먹인 셔츠의 주름이 드러나 보였다.

"도대체 피고는 어머니를 매장한 것으로 기소된 것입니
까, 살인을 한 것으로 기소된 겁니까?"

방청객들이 웃었다. 그러자 검사는 다시 일어나서 법복
을 고쳐 입고는, 존경하는 변호인이 부디, 그 두 종류의 사
실 사이에 근본적이며 본질적인 관계를 느낄 수 있도록 솔
직해야 한다고 말했다.

"그렇습니다."

검사가 다시 힘 있게 소리쳤다.

"범죄인의 마음을 가지고 자기의 어머니를 매장하였으므로 나는 이 사람의 죄를 고발하는 것입니다."

이러한 논리는 방청객들로 하여금 커다란 효과를 거둔 것 같았다. 변호사는 어깨를 으쓱해 보이고 이마에 흐르는 땀을 닦았다. 변호사의 동요된 표정에 나는 사태가 나에게 결코 유리하게 전개되지 않음을 직감하였다.

그다음부터는 모든 것이 신속히 진행되었다. 심문이 끝난 후, 나는 재판소에서 나와 차를 타러 가면서 매우 짧은 시간이긴 하지만 여름 저녁의 냄새와 빛을 느꼈다. 어두컴컴한 호송차 안에서 내가 좋아하던 도회지의 거리며, 이따금 스스로 만족감을 느꼈던 어떤 청각 속에 익은 소리들을 마치 자신의 피로한 마음속으로부터 찾아내듯이 하나씩 다시 들을 수 있었다.

이미 주저앉기 시작한 하늘에서 닿아 들려오는 신문장수들의 고함 소리, 공원의 마지막 새소리, 샌드위치 장수의 부르짖음, 시가지의 휘어진 길목에서 울리는 전차의 기적 소리, 그리고 항구 위로 밤이 내리려는 무렵, 하늘에 반항하는 뱃고동 소리. 그러한 모든 것이 나에게는 보이지 않는 길을 만들어내고 있었다. 그 길은 내가 형무소로 들어오기 전부터 잘 알고 있던 길이었다. 그렇다, 그것은 이미 오랜 옛날, 내가 스스로 만족감을 느끼던 시각이었다.

그러한 때, 나를 기다리고 있었던 것은 언제나 가볍고 꿈도 없는 평온한 수면이었다. 그러나 이제는 무엇인가 달라진 것이 있었다. 왜냐하면 내일에 대한 기대를 가지고서 다시 내 감방에 들어서게 되었기 때문이다. 마치 여름 하늘 속에 그려진 낯익은 길이 죄 없는 수면으로 흘러갈 수도 있고, 어두운 감옥으로 흘러갈 수도 있는 것처럼.

4

피고석에서 자기 자신에 대한 이야기를 듣는 것은 참 흥미 있는 일이다. 검사와 변호사의 팽팽한 토론이 벌어지는 동안 사람들은 나에 대해 많은 이야기를 했다. 어쩌면 죄보다도 나에 대해 더 많은 이야기를 했다고 할 수 있다. 검사와 변호사의 논고와 변론은 어떤 차이가 있었을까.

변호사는 팔을 쳐들고 범죄를 인정하되 변명을 붙였고, 검사는 손가락질하며 죄를 고발하여 변명의 여지를 주지 않았을 뿐이다. 그러나 나로서는 좀 곤란한 일이 하나 있었는데, 나는 스스로의 생각에 정신이 팔려 있었으나 때로는 나도 한마디쯤은 하고 싶었을 때가 있었던 것이다. 하지만 그럴 때마다 변호사는 "가만 있어요. 그래야 일이 잘 됩니다." 하고 말하는 것이었다.

말하자면 재판이 나의 의견은 전혀 반영되지 않은 채 다루어지고 있다는 것이다. 나를 참여시키지도, 의견을 묻지도 않은 채 나의 운명이 결정되는 것이었다. 나는 이렇게 말하고 싶었다. "도대체 누가 피고입니까? 피고라는 것은 중요합니다. 나에게도 할 말이 있습니다."라고. 그리고 나는 사람들의 마음을 끄는 흥미는 오래 지속되지 않는다는 것을 인정하지 않을 수 없었다. 예를 들어 검사의 변론도 나에게는 곧 싱거워졌고, 오직 나의 관심을 끌거나 흥미를 일으킨 것은 단지 단편적인 말들, 혹은 전체와는 동떨어진 한 토막의 변설, 그러한 것들이었다.

내가 옳게 이해한 것이라면, 검사의 생각의 요점은 내가 범죄를 사전에 계획했었다는 것이었고, 그는 적어도 그것을 증명하려고 했으며, 그 자신은 이렇게 말하고 있었다.

"그것을 증명하겠습니다. 나는 그것을 두 가지로 증명할 수 있습니다. 첫째로는 명백한 증거에 비추어서, 둘째로는 이 악한 마음씨의 음흉한 심리 상태에 비추어서 증명할 수 있는 것입니다."

검사는 어머니가 죽은 뒤의 상황을 요약했다. 즉 내가 냉담했다는 것. 어머니의 나이를 몰랐다는 것. 이튿날 여자와 함께 해수욕을 갔었다는 것. 페르낭델의 영화 구경을 하고, 끝으로 마리와 함께 집으로 돌아왔다는 것을 지적했다. 그때 나는 그의 말을 이해하기에 오랜 시간이 필요했다. 왜냐하면 그가 '정부'라는 말을 썼기 때문이다. 마리는 나에게는 마리였을 따름이다. 그리고 검사는 계속하여 레이몽의 이야기를 하였다. 사건을 보는 그의 시각은 매우 예리하다고 생각했다. 그의 이야기는 그럴 듯했다. 내가 레이몽과 합의하여 그의 정부를 꾀어내다가 성품이 횡포한 사나이의 흉악한 행위에 맡기기 위해 편지를 썼고, 바닷가에서는 레이몽의 적들에게 대들었다는 것이다. 그래서 레이몽은 다쳤고 내가 레이몽에게서 권총을 달라고 하여 혼자서 그것을 사용할 생각으로 되돌아갔다는 것이다. 그리하여 계획대로 아랍인을 쏴 죽였으며 잠시 후 일이 잘 처리되었음을 확인하기 위해 다시 네 발을 태연하게, 말하자면 명확한 의식을 가지고 쏘았다는 것이다.

검사의 말은 계속됐다.

"나는 여러분께 이 사람이 모든 것을 알고 있으면서 살인을 하게 된 사건의 경위를 말씀드렸습니다. 나는 이 점을 강조합니다. 왜냐하면 이것은 보통의 살인, 정상을 참작하여 관대하게 처분할 수도 있는 그러한 경우가 아닙니다. 이 사람은 교양도 있습니다. 이 사람의 모든 진술을 여러분도 듣지 않으셨습니까. 보시다시피 그는 검사의 질문에 명확하게 대답할 줄도 알고 말의 뜻도 잘 이해하고 있습니다. 그러므로 자기가 한 일을 모르고 행동하였다는 것은 있을 수 없는 일인 것입니다."

검사의 발언에 귀를 기울이고 있던 나는 나를 교양 있는 사람이라고 하는 말을 들었다. 그러나 보통 사람이면 누구나 가지고 있는 능력이, 어떻게 한 사람의 범인에게는 매우 불리한 조건이 되는 것인지 나는 이해할 수가 없었다. 그래서 그 후로는 검사의 말을 듣지 않기로 하였다. 그런데 다시 그의 말이 들렸다.

"여러분, 후회하는 기색을 조금이라도 보였을까요? 전혀,

조금도 없었습니다. 예심 때에도 이 사람은 자신의 가증스
러운 범행에 조금도 반성하는 모습이 없었습니다."

그러고는 손가락으로 날 가리키며 계속 열변을 토했는
데, 사실 나는 그 이유를 잘 알 수가 없었다. 그의 말이 옳
다는 것을 인정하지 않을 수 없기는 하였다. 왜냐하면 나는
나의 행동을 그다지 뉘우치고 있지 않았기 때문이다. 그렇
지만 그렇게 노발대발하는 것이 나에게는 놀라운 사실이었
다. 나는 그에게 다정한 어투로 거의 애정을 기울여, 나로서
는 정말로 후회할 게 없었다고 설명을 해주고 싶었다. 그러
나 그러한 어조로 말할 수는 없는 처지였다. 나에게는 다정
한 태도를 취하거나 선의를 가질 권리마저 없는 것이었다.

검사가 다시 내 마음의 작용, 혹은 영혼에 관한 이야기를
시작하여 나는 귀를 기울였다. 검사는 내 속을 깊이 들여다
보았으나 아무것도 찾아볼 수 없었다고 배심원들에게 말하
였다. 사실 영혼이라는 것이 나에게는 도무지 없고, 인간다
운 점이 조금도 없으며, 인간의 마음을 보전하는 모든 도덕
적 원리가 나와는 인연이 멀다는 것이었다.

그의 이야기는 계속되었다.

"우리는 그것을 비난할 수 없을지도 모릅니다. 그가 가질 수 없는 것이 그에게 없다고 하여 나무랄 수는 없는 것입니다. 그러나 이 법정에 있어서는 소극적인 관용의 의기(義氣)는 그보다 더 어렵기는 하지만 더 높은 의기로 바뀌어야 합니다. 특히 이 사람에게서 볼 수 있는 것 같은 심리의 공허가 사회 전체를 삼켜 버릴 수도 있는 깊고 아득한 심연이 되는 경우에는 더욱이 그러합니다."

그리고는 어머니에 대한 나의 태도에 대해 이야기했다. 변론 중에 한 말을 그는 다시 되풀이했다. 그것은 나의 범죄를 이야기했을 때보다 더 길었다. 나는 더위밖에는 아무것도 느낄 수 없었다. 얼마가 지난 뒤, 검사가 아주 낮고 자신에 찬 목소리로 말했다.

"이 법정은 내일 가장 가증스러운 범죄, 부모를 살해한 범행을 심판하게 될 것입니다."

그의 말은, 상상조차 할 수 없는 이 잔악한 범죄에 인간 사회의 율법이 엄중한 처단을 내리기를 바란다는 것이었다. 그러나 그는 이 범행이 일으키는 전율감은 나의 무감각함에 대하여 느끼는 전율보다는 차라리 덜하다고 지껄였다. 또한 정신적으로 어머니를 살해하는 자는 아버지를 자기 손으로 죽이는 것과 마찬가지로, 인간 사회에서 영원히 말살되어야 한다는 것이었다. 어쨌든 전자는 후자의 행위를 준비하는 것이며, 말하자면 그러한 행위를 예고하고 승인한다는 것이었다.

"여러분, 나는 확신합니다."

그는 언성을 높여 덧붙였다.

"여기에 앉아 있는 이 사람은 내일 이 법정에서 판결을 내리게 될 살인죄와 별반 다르지 않습니다. 그렇게 말할지라도 여러분은 나의 생각이 지나친 것이라고는 생각하지 않을 것입니다. 그러므로 이 사람은 처벌을 받아야 마땅한 것입니다."

검사는 땀으로 번뜩이는 얼굴을 닦으며 끝으로 자기의 의무는 괴로운 것이지만, 단호히 그것을 수행할 것이라고 말했다. 나는 사회의 가장 근본적인 율법을 무시할 수 없으므로 사회와는 아무 관계도 없으며, 인간의 마음이 가장 근본적인 반응도 모르는 사람이므로 인정에 호소할 수도 없는 것이라고 말했다.

"나는 이 사람에게 사형을 요구합니다. 사형을 요구한다 하여도 마음은 후련합니다. 왜냐하면, 이미 짧지 않은 재직 기간 중에 여러 번 사형 요구를 한 적이 있었지만, 오늘처럼 이 괴로운 의무가 신성한 지상 명령이란 의식을 느낀 적은 없었으며, 또한 괴물 이외에는 아무것도 엿볼 수 없는 한 사람의 얼굴을 보고 느끼는 끔찍한 선율이 상쇄되며 평온함을 얻게 된 적은 일찍이 없었기 때문입니다."

검사가 자리에 앉자 한참 동안 침묵이 흘렀다. 나는 더위와 놀라움으로 어리둥절했다. 재판장이 잔기침을 하고나서 낮은 목소리로 할 말은 없느냐고 나에게 물었다.

나는 이야기하고 싶었으므로 일어서서 아랍인을 죽이려는 의도는 없었던 것이라고 대답했다. 아직 나의 변호 내용을 잘 알 수 없으니 변호사의 말을 듣기 전에 내가 그러한 행동을 하게 된 동기를 명확히 말해 주면 좋겠다고 말했다. 나는 빠른 어조로 말을 이었다. 나는 나 자신이 우습게 보인다는 것을 알면서도 그것은 태양 때문이었다고 말했다. 그러자 역시 장내에서 웃음이 터져 나왔다. 나의 변호사는 어깨를 으쓱해 보였다. 곧이어, 그는 발언의 지명을 받았으나 시간도 늦고 자기의 진술은 많은 시간을 요할 것이므로, 오후로 미루어 주면 좋겠다고 하자 법정은 거기에 동의했다.

오후에도 실내는 여전히 무더웠다. 변호사의 변론은 좀처럼 끝날 것 같지 않았다. 나는 한순간 그의 말에 귀를 기울였다.

"피고가 사람을 죽인 것은 사실입니다." 하고 그가 말을 하였기 때문이다. 이야기를 계속하며 나의 이야기를 할 때마다 '피고'라고 했다. 나는 매우 놀랐다. 나는 헌병에게로 몸을 돌려 그 이유를 물었다. 헌병은 가만 있으라고 하더니 곧, 변호사들은 모두가 다 그런다고 말해주었다. 나로서는 그것 또한 나를 사건에서 제쳐 놓고, 나를 없는 상태로 만들어 버리는 하나의 수법으로 그가 나의 역할을 대신하는 것이라고 생각했다. 그러나 나의 관심은 이미 그 법정에서 멀리 떨어져 있었다. 나는 변호사가 우습게 보였다. 그는 빠른 어조로 나의 가해 행위를 변호하고 나서 나의 양심에 대해 이야기를 했다. 그러나 검사에 비하면 훨씬 서툴렀다.

"본인 역시 피고의 양심을 헤아려 보았습니다만, 유감스럽게도 검사님의 견해와는 달리 나는 그 엄연한 존재를 발

156

견할 수 있었습니다. 마치 펼쳐 놓은 책을 읽듯이 훤히 내다볼 수 있다고 말할 수 있습니다."

그는 내가 성실한 사람으로서 회사에 충실하게 근무했으며 모든 사람들로부터 호평을 받고, 다른 사람의 불행을 동정하는 성품이었다는 것을 알 수 있었다고 했다. 또한, 나는 오랫동안 어머니를 잘 모신 모범적인 아들이었으나 나중에 경제력이 약해지면서 편안히 모실 수 없게 되어 선택한 것이 양로원이라고도 말했다.

"여러분, 나는 그 양로원에 대하여 의견이 분분한 것이 오히려 더 이상하게 여겨집니다. 만약 그러한 시설이 사회에 유익하고 고귀한 임무를 담당한다는 증거를 제시해야 한다면, 국가가 그러한 시설을 보조하고 있다는 사실을 들지 않을 수 없습니다."

허나 변호사는 오직 장례식에 관한 말만은 하지 않았다. 이것이 그가 변론 가운데서 빠뜨린 가장 중요한 부분이기도 했다. 그러나 길고 장황한 말과 내 영혼에 대한 긴 토론 속에서 나는 내 자신이 투명한 액체 속에 젖어드는 듯한 기분을 느꼈다.

변호사의 이야기가 계속되는 동안, 거리로부터 크림 장수의 나팔소리가 다른 방들과 법정의 온 공간을 거쳐 나의 귀에 들어왔다. 이미 나의 것이 아닌 생애, 그러나 그 안에서도 지극히 소박하지만 분명한 기쁨을 얻었던 지난날의 추억에 잠겼다.

어느 날 저녁의 하늘, 좋아하던 거리, 여름밤의 향기, 마리의 웃음과 옷차림, 그 고장에서 내가 겪은 모든 일들이 어지럽게 나를 감싸고 있었기 때문에, 나는 빨리 나의 감방으로 돌아가 잠을 잘 수 있기만을 고대했다.

마지막으로 변호사가, 배심원들은 일시적 실수로써 잘못을 저지른 성실한 근로인을 사형에 처하지는 않을 것이라고 외치고, 가장 정확한 형벌로써 이미 영원한 양심의 가책을 느끼고 있는 하나의 범죄에 대해 그 정상을 참작할 것을 요구하였다. 이제 법정에 대한 이야기는 나의 귀에는 거의 들리지 않았다.

법정은 심문을 중지하고 변호사는 피곤한 듯이 자리에 앉았다. 그러자 그의 동료들이 다가와 그에게 악수를 청했다.

"참 훌륭했어."

사람들은 저마다 이렇게 말했고 어떤 사람은 나에게 증인이라도 되라는 듯이 "그렇지요?" 하고 말했다. 나는 동의하였으나 나의 찬사는 진심에서 우러나온 것이 아니었다. 나는 너무 지쳐 있었다.

　밖은 해가 기울어 더위도 차츰 수그러들었다. 거리에서 들려오는 소음에서 해 질 녘의 부드러움을 느꼈다. 우리는 모두 기다리고 있었는데, 그것은 나 한 사람에 관계되는 일이었다. 나는 다시 한 번 장내를 둘러보았다. 모든 것은 첫날과 마찬가지였다.

　나는 회색 옷을 입은 신문기자, 그리고 꼭두각시 같은 여인을 발견했다. 그것이 재판 중에 내가 마리를 한 번도 찾아보지 않았다는 것을 일깨워주었다. 마리를 잊은 건 아니나 할 일이 너무 많았던 것이다. 마리는 셀레스트와 레이몽 사이에 앉아 있었다. 그녀는 '이제야 끝이 났군요.' 하는 듯한 손짓을 나에게 보냈다. 그리고 수심이 깃든 얼굴에 미소를 지어 보였다. 나는 그녀의 미소에 아무런 반응도 보일 수 없었다.

　공판이 재개되었다. 빠른 어조로 배심원들에 대한 여러

가지 질문이 낭독되었다. 살인죄, 계획된 범죄, 정상 참작, 그런 말들이 들려왔다. 배심원들이 퇴장하자 나는 앞서 기다렸던 방으로 끌려갔다. 나의 변호사가 따라와 매우 수다스럽게 여느 때보다도 더욱 자신 있고 다정한 태도로 말했다. 그는 모든 것이 잘되어 몇 년 동안의 금고(禁錮)나 또는 징역을 치르면 그만일 것이라고 생각하는 것 같았다. 만일에 판결이 불리할 경우에는 이를 파기할 수도 있느냐고 물어보았다.

그는 그럴 수는 없다고 대답했다. 배심원들에게 악감정을 사지 않기 위해 반론을 말하지 않는 것이 그의 전술이었다는 것이다. 또한 그렇게 아무 이유도 없이 판결을 파기하지는 못하는 법이라고 설명했다. 그것은 나로서도 명백한 것으로 생각되어 그의 말에 수긍하였다.

"어쨌든 상고는 할 수 있습니다. 그리고 결과도 결코 나쁘지 않을 것입니다."

변호사가 말했다. 우리는 상당히 오랫동안, 아마 거의 40분 정도는 기다렸을 것이다. 시간이 되자 종이 울렸다. 나의 변호사는 "배심원 측의 답신을 재판장이 읽습니다. 당신은 판결을 언도할 때에야 들어오게 될 것입니다." 하고 말하면서 나갔다. 문을 여닫는 소리가 들려왔다. 사람들이 계단을 뛰어가고 있었으나 멀고 가까움을 가늠할 수는 없었다. 그러자 법정으로부터 나직한 목소리로 무언가를 읽는 소리가 들렸다. 또다시 종이 울리고 피고석의 문이 열렸을 때, 나에게로 밀려온 것은 장내의 침묵, 그리고 그 젊은 기자의 시선이 움직이는 모양이었다.

그때 불현듯 묘한 느낌을 받았다. 나는 마리가 있는 쪽을 보지 못했다. 시간적 여유가 없었던 것이다. 왜냐하면 재판장이 이상한 목소리로, 피고는 프랑스 국민의 이름으로 광장의 단두대에 서게 될 것이라고 말했기 때문이다. 그때 나는 장내에 있는 사람들의 표정을 짐작할 수 있었다. 그것은 나에 대한 일종의 연민이었을 것이다. 헌병들은 무척 친절했고, 변호사는 나의 손목에 그의 손을 올려놓았다. 나는 머릿속에 아무것도 집어넣고 있지 않았다. 재판장이 나에게 하고 싶은 말이 있으면 하라기에 짧게 대답했을 뿐이다.

"없습니다."

나는 곧바로 끌려 나왔다.

5

나는 형무소 소속 신부의 방문을 세 번째 거절했다. 할
말도 없으려니와 이야기하기도 싫었다. 또 구태여 만나야
할 이유도 없었다. 지금 나의 관심거리는 구조적인 문제로
부터 벗어나는 것, 불가피한 것으로부터 빠져나갈 길이 있
을 수 있는지를 알아보는 것이다.

감방이 바뀌었다. 지금 이 감방에서는 반듯하게 누우면
하늘이 보일 뿐 그 외에는 아무것도 볼 수가 없다. 하늘 위
의 낮이 밤으로 옮겨 가는 빛깔의 조락(凋落)을 바라보는
것으로 하루가 지나는 것을 알 수 있을 뿐이었다. 누워서

머리 밑에 손을 괴고 나는 기다린다. 사형선고를 받은 사람으로서 그 무자비한 메카니즘으로부터 벗어난 예가, 처형되기 전에 종적을 감추었다든지 경계선을 돌파한 경우가 있었을까 하고 나는 몇 번이나 자문해 보았는지 모른다. 그럴 때마다 사형 집행에 관한 이야기에 별로 관심을 기울이지 않았던 것이 후회되었다.

다른 사람들과 마찬가지로 나도 신문기사를 읽은 일이 있기는 하다. 또 특별한 책들도 있었을 것이 분명할 텐데 나는 그것을 한 번도 들여다보지 않았던 것이다. 그러한 책 속에는 탈출에 관한 이야기가 들어 있을 것이었다. 적어도 한 번쯤은 바퀴가 멎어 그 거스를 수 없는 전략 속에서 우연과 행운이 무슨 변동을 일으킬 수 있다는 것을 가르쳐주었을 것이다. 단 한 번이라도 어떤 의미로는 그것이 내게 충분했으리라고 생각한다. 나머지는 나의 마음으로써 보충할 수 있었을 것이다.

신문들은 흔히 사회에 갚아야 할 부채들에 대해 운운한다. 신문에 따르면 그것을 갚아야만 된다는 것이었다. 하지만 그러한 말은 상상력을 불러일으키지는 못한다. 중요한 것은 탈출의 가능성, 무자비한 의식 밖으로 뛰어오르는 것, 무한한 희망의 기회를 주는 미친 듯한 질주였다. 물론 희망이라고 해도 길모퉁이에서 날아오는 총탄에 맞아 쓰러지는 것이 고작이었다. 그러나 골똘히 생각해 보면, 그러한 호사를 나에게 허락해 주는 것은 이 세상 어디에도 찾아볼 수 없는 것이다. 나에게는 모든 것이 금지되어 있고, 오직 구조적인 것만이 나를 붙들고 있는 것이 분명했다.

아무래도 나는 법관들이 말하는 확실성이란 것을 받아들일 수 없었다. 왜냐하면 엄격한 그 확실성을 바탕으로 한 재판결과 언도가 내린 순간부터 어쩔 수 없는 형 집행 사이에 어처구니없는 불균형이 있었기 때문이다. 판결문이 오후 5시가 아니라 오후 8시였다는 사실, 그 판결문이 전혀 다를 수도 있었을 것이라는 사실, 그것이 속옷을 갈아입는 인간들에 의해 결정되었다는 사실, 그리하여 그것이 프랑스 국민(혹은 독일 국민, 중국 국민)이라는 지극히 모호한 관념에 의해 언도되었다는 사실, 말하자면 그러한 모든 것이 나에게는 그와 같이 판결에서 준엄성을 제거한 것으로 생각되었다.

그러나 일단 선고가 내려지고 나면, 그것은 내가 아무리 몸부림쳐도 벗어날 수 없는 형무소의 담벼락처럼 확실하고 준엄한 사실이 되어 버린다는 것을 인정하지 않을 수 없다.

그때 나는 어머니에게서 들은 아버지에 관한 얘기를 생각해 냈다. 나는 아버지를 알지 못했다. 아버지에 대해 알고 있는 것은 어머니가 얘기해 준 깃밖엔 없을 것이다. 어느 날 아버지는 한 살인범의 사형 집행을 보러 갔었다는 것이다. 그것을 보러 갈 때만 해도 아버지는 병이 날 정도였지만, 만사를 제쳐 놓고 갔다가 돌아오는 길에 아침에 먹은 음식을 토하기까지 했다는 것이었다. 나는 그 이야기를 들었을 때 아버지가 좀 못마땅했다. 그러나 지금 나는 그것을 이해하게 되었다. 실로 사형 집행보다 더 중대한 사건은 없으며, 어떤 의미에서 그것이야말로 사람들에게는 참으로 흥미 있는 일이라는 것을 어째서 알지 못했을까?

만약 내가 이 감옥으로부터 풀려날 수만 있다면 나는 모든 사형 집행을 보러 가리라. 그러나 내가 그런 가능성을 생각해 본다는 것은 어리석기 짝이 없는 일이었다. 왜냐하면 어느 날 이른 아침 경계선 위에서, 즉 저편에서 자유로

울 자신을 생각할 때, 억눌렸던 기쁨의 물결이 가슴으로부터 북받쳐 올랐기 때문이다. 그러나 그것은 이치에 맞지 않는 일이었다.

그러한 가정(假定)에 이끌린다는 것은 잘못된 생각이었다. 그 뒤로 나는 너무나 추워서 이불 밑에 몸을 웅크리지 않을 수 없었다. 나는 오한이 들어 턱을 덜덜 떨고 있었을 뿐이었다. 그러나 인간은 언제나 이치에 맞는 생각만을 할 수는 없는 것이다. 나는 또 법률의 초안을 만들어 보기도 했다. 형법 체계를 뜯어 고치는 것이었다. 그 골자는 사형선고를 받은 자에게 주는 기회인데 천 번에 한 번쯤 있는 방법이었다. 그것이면 여러 가지 일을 해결하기에 충분했다. 그리하여 수형자가 그것을 먹으면(나는 수형자란 말을 생각했다) 열 명 중 아홉 명은 죽는 그러한 화학 약품을 발명할 수도 있을 것이라고 생각했다. 단, 수형자에게 그런 사실을 알려주어야 하는 것이다. 그것이 조건이었다.

생각해 보면, 단두대에 있어서 작동상의 결함이 수형자들에게 결코 아무런 기회도 주지 않는다는 것을 나는 인정하지 않을 수 없었기 때문이다. 그리하여 수형자의 죽음은 결국 어쩔 수 없이 절대적인 것이 되어 버리고 마는 것이다. 그것은 확정적인 조치이고 기정사실이어서 취소할 여지가 없는 것이다. 단두대의 결함은 문제가 되지 않는다. 어쩌다가 목이 잘 베어지지 않을 경우에는 되풀이하면 되는 것이다. 그러므로 수형자로서는 기계가 아무 탈 없이 움직여 주기만을 바랄 수밖에 없다. 수형자는 이에 정신적으로 협력하여야 한다. 모든 것이 어김없이 진행되는 것이 그에게도 이로운 것이다.

사람이란 알지 못하는 것에 관하여서는 과장된 생각을 갖게 마련이다. 그러나 나는 모든 것이 알고 보면 매우 간단하게 이루어진다는 것을 인정하지 않을 수 없다. 나는 오랫동안(이유는 모르겠다) 단두대로 가기 위해서는 계단을 밟고 교수대 위로 올라가야 한다고 생각했다. 그것은 1789년의 대혁명 때문일 것이다. 예컨대 그러한 행위에 대해 사람들이 내게 가르쳐 주었거나 보여 주었던 것들이 영향을 끼쳤을 것이다.

그러나 어느 날 아침, 나는 소문이 무성하던 어떤 사형 집행이 진행되었을 때 신문에 실렸던 한 장의 사진이 떠올랐다. 단두대는 보통의 기계처럼 지면에 평평하게 놓여있었다. 또한 내가 생각했던 것보다 훨씬 폭이 좁았다. 조금 더 일찍이 그런 모습을 떠올릴 수 없었다는 것이 이상한 노릇이었다. 사진 속의 그 기계는 정밀한 제품답게 어떤 흠도 없이 매끄럽게 번쩍이고 있었다. 하지만 그것으로 일이 간단하게 진행되진 않는다.

단두대의 높이는 그쪽으로 걸어가는 사람의 키만 했다. 마치 누구를 만나러 가듯이 가다가 기계와 부딪치게 된다. 어떤 의미에서 이것은 너무 어처구니없는 노릇이었다. 교수대에 오르기 위해 하늘에 다가선다는 상상력을 가져 볼 수도 있지 않은가. 하지만 그 점에 있어서는 기계적인 것이 모든 것을 압도해 버린다. 다만, 약간의 수치를 느끼며, 매우 정확하게 슬그머니 목숨이 끊어지는 것이다.

이 외에도 나의 뇌리에 박혀 있는 두 가지가 있었다. 새벽녘과 상고(上告)가 그것이다. 그러나 나는 스스로 타일러 애써 그러한 생각을 하지 않으려고 했다. 그리하여 누워서 하늘을 쳐다보며 거기에 정신을 집중했다. 하늘이 초록색으로 물들면서 저녁때가 되곤 했다. 나는 생각을 바꾸려고 애를 썼다. 심장 고동소리가 들렸다. 그렇게도 오래 전부터 쫓던 그 소리가 멎을 때가 있으리라고는 도무지 상상할 수가 없었다. 나는 진지하게 상상을 해 본 적이 없다. 그래도 나는 내 심장의 고동이 멈추게 될 그 순간을 생각해 보려고 했다. 그러나 잘 되지 않았다. 그것은 새벽과 상고가 있었기 때문이었다.

나는 마침내 내 마음을 다스리지 않는 것이 가장 현명한 처사라는 것을 깨달았다. 나는 새벽에 사형 집행인이 온다는 것을 알고 있었다. 결국 나는 밤마다 그 새벽을 기다리며 지낸 셈이었다. 나는 갑자기 놀라는 것을 싫어했다. 무슨 일이 일어나든지 항상 마음의 준비를 해두고 싶었다. 그래서 나는 낮에는 잠을 자고 밤이면 새벽의 밝은 빛이 천장 유리창 위에 훤히 밝아오기를 기다리게 되었다. 그러나 괴로운 기다림이었다. 사형 집행의 시각을 알 수 없었던 것이다. 자정이 지나면 나는 으레 그들을 기다렸다. 일찍이 나의 청각이 이처럼 예민해져서 작은 소리마저도 귀 기울인 적이 없었던 것 같다. 그러나 그동안 발소리는 한 번도 들리지 않았으니, 나는 어지간히 운이 좋았다고 할 수 있을 것이다.

어머니는 사람이란 극히 불행하게 되는 법은 없다고 자주 말했었다. 하늘이 밝아지며 새 아침이 나의 감방으로 찾아들 때 나는 어머니의 말이 옳았다고 생각했다. 왜냐하면 그들의 발걸음 소리가 들려오면 내 심장이 터지고 말 것이기 때문이다. 나는 바스락 소리만 나도 문으로 달려갔다. 귀를 곤두세우고 얼빠진 사람처럼 엿듣고 있으면, 나중에는 나 자신의 숨소리가 들려와 그 소리가 마치 헐떡이는 개의 숨결과도 같아 깜짝 놀라는 일은 있었다. 하지만 여전히 나의 심장은 터지지 않고, 다시 한 번 24시간을 얻게 되는 것이다.

낮에는 항상 상고에 대한 생각을 하였다. 나는 이 생각을 가장 유용하게 이용했다고 믿는다. 나는 그 효과를 일일이 분석해서 나의 생각을 최대한으로 구사하는 것이다. 늘 최악의 경우를 가정하였다. 상고각하(上告却下)가 그것이다.

'그때는 마침내 죽을 수밖에 없는 것이다.'

내가 남들보다 먼저 죽는다는 것은 틀림없지만 한편, 인생이 살 만한 가치가 없다는 것은 누구나 알고 있는 것이다. 30세에 죽든지 60세에 죽든지, 결국은 마찬가지라는 것을 모르는 바 아니다. 그 어떤 경우든지 그 뒤에는 또 다른 남녀들이 살아갈 것이다. 그것은 수천 년 동안 그렇게 되어온 것이므로 이보다 더 명백한 사실은 없을 것이다. 지금이든 20년 후이든 내가 죽는다는 것은 기정사실이다.

이러한 편안한 결론에도 불구하고 나를 괴롭히는 것은 앞으로 20년 동안의 생활을 동경할 때 느껴지는 무서운 설렘이다. 그러나 20년 후에 어차피 그러한 지경에 이르렀을 때, 내가 가지게 될 생각을 상상함으로써 그것도 억눌러버리면 그만이었다. 그러므로(그리고 한 가지 어려운 일은 이 '그러므로'라는 말이 내포하고 있는 모든 추리를 나의 시야로부터 잃어버리지 않도록 하는 것이다) 나는 나의 상고의 각하를 승인하지 않을 수 없었다.

그때 비로소 나는 제2의 가정을 생각해 볼 권리를 얻어 그것을 나 자신에게 허용하는 것이었다. 제2의 가정은 바로 무죄 석방이다. 견딜 수 없는 것은 영문 모를 기쁨으로 인하여 눈을 찌르는 그 피와 육신의 북받침을 진정시키지 않으면 안 되던 일이다. 그러한 마음의 부르짖음을 억누르고 달래야만 했다. 제1의 가정에서 나의 체념을 합리화하기 위해서는 이 제2의 가정에 있어서는 나는 태연해야 했던 것이다. 그럴 수 있을 때에는 한 시간쯤 마음을 가라앉힐 수가 있었다. 어쨌든 이것이라도 참으로 대견한 일이었다.

그 무렵, 나는 또 다시 소속 신부의 방문을 거절했다. 나는 누운 채로 하늘이 황금빛으로 물들어가는 것을 보고 여름해가 저물어감을 느꼈다. 바로 나의 상고를 각하하고 난 때여서 나는 혈액 파동이 규칙적으로 나의 몸속을 순환하고 있음을 느꼈다. 나는 구태여 신부를 만날 필요성을 느끼지 않았던 것이다.

참으로 오랜만에 나는 마리를 생각했다. 퍽 오래전부터 마리로부터 편지가 없었다. 곰곰 생각한 끝에 그녀가 아마도 사형수의 애인 노릇에 지쳐 버린 것이라고 결론을 내렸다. 한편으로는 병이 들었거나 죽어 버렸는지도 모른다는 생각도 들었다. 그것은 당연한 일이었다. 서로 떨어져 있는 우리들의 두 육체 외에는 이제 우리를 결부시키고 있는 것은 그 무엇도 없다고 생각했다. 그러니 내가 어떻게 그녀의 소식을 알 수 있겠는가. 그렇다면 마리의 추억은 내게 아무런 관계도 없을 것이었다. 그녀가 죽었을 경우, 나는 그녀에게 아무런 관심도 갖지 않을 것이다. 그것은 당연한 일로 생각되었다. 마찬가지로, 내가 죽은 뒤에도 사람들은 나를 곧 잊어버린다는 사실을 나는 잘 알고 있었다. 죽는다는 것은 생전의 관계를 깨끗이 지워 버리는 것이다. 그런 일을 괴로운 것이라고 말할 수도 없다. 결국 인간이란 어떤 생각에든지 곧 익숙해지기 때문이다.

바로 그때 신부가 들어왔다. 그를 보자 나는 몸이 약간 떨렸다. 신부는 눈치채고 겁먹을 것 없다고 했다. 여느 때는 다른 시간에 오지 않았느냐고 묻자 이번 방문은 순전히 우의적인 것이어서 나의 상고와는 아무런 관계도 없으며, 상고에 관해서는 아무것도 모른다고 하였다. 신부는 자기에게 가까이 오라고 권했지만, 나는 거절했다. 그러나 그는 매우 다정해 보였다.

그는 한동안 두 팔을 무릎 위에 올려놓고 머리를 숙여 자기의 손을 내려다보고 있었다. 그 손은 가늘고 힘줄이 드러나 보였다. 신부는 천천히 손을 비비기 시작했다. 그러고는 여전히 머리를 숙이고 묵묵히 앉아 있었다. 오랫동안 그렇게 앉아 있었으므로 나는 잠시 그를 잊어버리고 있었다. 그는 갑자기 고개를 들어 나를 보며 말했다.

"왜 나의 방문을 거절하십니까?"

나는 하나님을 믿지 않는다고 말했다. 믿지 않는 데 대한 확신이 있느냐고 묻기에 나는 그러한 것은 생각해 볼 필요도 없다고 대답했다. 신부는 잠시 침묵 후 말을 이었다.

"인간이란 자기가 생각하기에는 어떤 확신을 가질 수 있다고 생각하지만 사실은 그렇지 못할 때가 많은 법입니다."

나는 아무 말도 하지 않았다. 그러나 내 대답을 듣고 싶었는지 내 얼굴을 쳐다보며 물었다.

"내 말을 어떻게 생각하십니까?"

이해할 수 있는 일이라고 대답했다. 사실 나의 관심을 끄는 것에 대해서는 확신을 가질 수 없을는지 모르지만, 나의 관심을 끌지 않는 것에 대해서는 분명히 확신을 가질 수 있다고 대답했다. 그리고 그가 말하는 것은 나의 관심을 끌지 않는 것이라고 말했다.

그는 나에게서 눈을 돌렸다. 그러나 여전히 자세는 바꾸지 않고, 너무 절망한 나머지 그런 말을 하는 것이 아니냐고 물었다. 나는 절망하지 않았노라고 설명해 주었다. 단지 두려울 뿐이지만, 그것은 당연한 일이 아니냐고 했다.

"반드시 하나님이 도와주실 겁니다."

하고 그는 말을 이었다.

"내가 알기로 당신과 같은 처지의 사람으로서 하나님에게 돌아가지 않은 사람은 단 한 사람도 없습니다."

그것은 그들의 권리라고 나는 말했다. 그것은 또한 그들이 그럴 만한 시간적 여유를 가졌었다는 사실을 증명하고 있었다. 그렇지만 나는 하나님의 도움을 받기 싫었으며 마음이 가지 않는 일을 생각할 여유도 없었던 것이다.

그러자 그는 손을 저어 못마땅한 듯한 시늉을 했다. 그러나 곧 몸을 쳐들고 옷자락을 바로 잡았다. 그는 나를 '친구'라고 부르면서 이야기를 시작했다. 내가 선고를 받았기 때문이 아니며 그의 견해에 의하면 우리들은 모두 사형선고를 받고 있다는 것이었다. 나는 그의 이야기를 가로막고 그것은 사정이 다를 뿐만 아니라 어쨌든, 그것은 나에게는 위안이 될 수 없는 일이라고 말했다. "하긴 그렇지요." 하고 그는 나의 말에 동의했다.

"하지만 당신은 곧 죽지 않는다고 하더라도 장차는 꼭 죽겠지요. 그리하여 그때가 되면 당신은 그 무서운 시련을 어떻게 받아들일 것입니까?"

나는 지금의 시련을 받아들이듯이 그때의 시련도 받아들일 것이라고 대답했다.

그러자 그는 일어나서 내 눈을 마주 쳐다보았다. 그것은 나로서도 익숙해진 일종의 유희였다. 나는 곧잘 에마뉘엘이나 셀레스트와 함께 그러한 유희를 했다. 그럴 때면 대개 그들이 눈을 돌려 버리곤 했었다. 신부도 역시 그 유희를 잘 알고 있는 듯이 그의 눈길은 조금도 동요되지 않았다. 그리고 그는 "그럼 당신은 전혀 희망을 갖지 않고, 죽으면 깨끗이 없어져 버린다는 생각을 하면서 살아가고 있습니까?" 하고 말할 때에도 그 목소리는 떨리지 않았다.

"그렇습니다."

그러자 그는 고개를 숙이고 다시 자리에 앉았다. 그는 나를 불쌍하게 생각한다고 말했다. 그것은 인간으로서는 도저히 견딜 수 없는 일이라고도 말했다. 나는 그가 귀찮아졌다. 그래서 일어나 천장으로 난 창 밑으로 갔다. 나는 어깨를 담벼락에 기댔다. 귀담아 듣지는 않았지만 그가 또다시 나에게 뭐라고 하는 소리를 들었다. 그는 안타깝고 간곡한 어조로 이야기하고 있었다. 그가 진지한 상태임을 깨닫고 나는 좀 더 귀를 기울였다.

그는 나의 상고가 수락될 것이지만 나는 무거운 짐을 지고 있기 때문에 먼저 그 짐을 벗어 버려야 한다고 말했다. 그의 말에 의하면, 인간의 심판은 아무 가치도 없으며 하나님의 심판만이 전부라는 것이었다. 나에게 사형을 선고한 것은 인간의 심판이라고 하자 그는 그것으로 죄를 용서받는 것이 아니라고 대답했다. 나는 도대체 무슨 죄를 지었는지 모르겠다고 했다. 세상 사람들은 내가 죄인이라는 것을 가르쳐 주었을 뿐이며, 나는 죄인으로써 형벌을 받는 것이니, 그 이상 나에게 더 요구할 것은 없을 것이라고 말했다. 그러자 신부는 다시 일어났다.

나는 땅바닥을 내려다보고 있었다. 그는 나에게로 한 걸음 다가섰다.

"당신은 잘못 생각하고 있어요."

그가 말했다.

"당신에게 그 이상 더 요구할 수도 있지요. 또 요구하게 될 겁니다."

"무엇을 요구한다는 거죠?"

"바라보는 것을 요구하지요."

"바라보다니요?"

신부는 주위를 둘러보고 갑자기 힘없는 목소리로 대답했다.

"이 담벼락의 돌에는 고뇌가 서려 있습니다. 나는 그것을 알고 있습니다. 나는 고뇌 없이 돌을 바라본 적이 없습니다. 그러나 나는 당신들 중에서 아무리 절망적인 사람이라도 이 돌에서 성스러운 하나님의 얼굴이 떠오르는 것을 보았다는 사실을 알고 있습니다. 당신에게 바라보기를 원하는 것은 그 얼굴입니다."

나는 다소 흥분한 표정으로, 여러 달 전부터 그 담벼락을 바라보았노라고 대답했다. 모든 사물 가운데 내가 그보다 더 잘 아는 것은 정말 아무것도 없었다. 나는 오래전부터 거기에서 하나의 얼굴을 찾아보려고 애썼다. 그러나 그 얼굴은 태양의 빛과 불같은 욕망을 가져올 뿐이었다. 나는 그것을 찾으려 했지만 헛수고였다. 이제는 그것도 다 지난일이 되어 버리고 말았다. 어쨌든 나는 그 피땀 어린 돌에서 아무것도 발견하지 못했다고 대답했다.

신부는 슬픈 표정으로 쳐다보았다. 담벼락에 기대어 있는 나의 이마 위로 햇빛이 흘러내렸다.

그가 몇 마디 더 말을 했으나 귀담아 듣지 않았다. 신부는 껴안는 것을 허락해 주겠냐고 물었다.

"싫습니다."

내가 대답했다. 그는 몸을 돌려 담 가까이 갔다. 담에 손을 짚고 "그토록 이 땅을 사랑하나요?" 하고 힘없이 물었다. 나는 아무 대꾸도 하지 않았다.

신부는 상당히 오랫동안 돌아선 채 입을 열지 않았다. 그가 방 안에 있는 것이 몹시 부담스럽고 짜증스러웠다. 혼자 있고 싶으니 돌아가 주었으면 좋겠다는 말을 하려 하자, 그는 다시 내게로 돌아서면서 별안간 큰 소리로 외쳤다.

"나는 도저히 믿을 수가 없습니다. 당신도 반드시 다른 생애를 꿈꾼 일이 있었으리라고 확신합니다."

그야 말할 것도 없지만 그것은 돈을 많이 번다든지, 헤엄

179

을 빨리 칠 수 있게 된다든지, 더 매력적인 입술을 갖기를 바라는 것과 같은 것이라고 대답했다. 대강 그런 정도가 아니겠느냐고 하자, 그는 나의 말을 제지하고 내세(來世)라는 것을 어떻게 생각하느냐고 물었다. 나는 그에게 이 현세를 돌이킬 수 있는 그러한 생애라고 소리친 다음에 이제 그런 이야기는 더 이상 듣고 싶지 않다고 덧붙였다. 그는 하나님의 얘기를 계속하려고 했다. 나는 그에게 나에게는 남은 생애가 얼마 없다는 것을 강조했다.

그는 이야기를 돌려서 왜 자기를 몽페에르(나의 아버지, 신부님)라고 부르지 않느냐고 물었다. 나는 화가 나서, 다른 사람들에게는 어떤지 모르지만 나에게 당신은 아버지가 아닌 평범한 사람이라고 대답했다.

"아닙니다. 나의 아들이여!"

그가 내 어깨에 손을 얹었다.

"나는 당신과 함께 있는 것입니다. 그런데 당신의 마음이 어둡기 때문에 그것을 모르는 것입니다. 당신을 위해 기도드리겠습니다."

왠지 모르게 화가 치밀었다. 나는 온 힘을 다 해 그에게 욕설을 퍼붓고 기도는 그만두라고 외친 후, 당장 사라지지 않으면 불태워 죽여 버리겠다고 협박했다.

나는 그의 옷깃을 움켜잡았다. 그리고 어떤 분노와 희열이 거세게 솟구쳐 올라 가슴속에 품었던 것을 마구 털어놓았다. 당신은 지나치게 자신만만하다. 그 태도가 그렇지 않은가? 그러나 당시의 굳은 믿음이란 여자의 머리털만 한 가치도 없는 것이다. 당신은 이 세상 사람이 아닌 것처럼 살고 있으니 마치 죽은 사람 같으며, 삶에 대한 뚜렷한 인식이 없는 것과 같다. 당신의 눈에는 내가 보잘것없는 존재로 보이겠지만, 나에게는 나 자신과 모든 것에 대한 확신이 있고, 그것은 당신보다 강하다. 또 나는 내 삶과 나를 가까이서 기다리고 있는 죽음에 대해 뚜렷한 자의식을 가지고 있다. 그것이다. 그것이 나에겐 전부다. 이 진리를 나는 꼭 붙들고 있으며, 나는 오직 그 진리를 꼭 붙들고 있다.

나의 생각은 언제나 옳았다. 지금도 옳고 앞으로도 옳을 것이다. 나는 이렇게 살았지만 다른 방법으로 살 수도 있었다. 어차피 이렇게 살아서 그 다른 방식의 일은 하지 않은 것이 무슨 상관인가. 나는 다만 내가 옳다는 것이 인정될

눈앞의 새벽을 기다리며 살아온 것이다. 소중한 것이라고
는 아무것도 없다. 나는 그 원인을 잘 알고 있다. 당신도 그
것을 알고 있겠지. 그동안 내가 이룩한 공허한 삶에는 암울
한 바람이 미래의 구렁으로부터 불어오고 있었다. 그리하
여 그 숨결은 내가 살아온 비현실적인 세월 속에서 내가 할
수 있는 일들을 균등하게 만들어 놓았다.

낯모르는 사람들의 죽음, 또 어머니의 사랑 따위가 어째
서 중요하단 말인가. 오로지 하나의 숙명만이 모든 사람을
지배하는 것이다. 나 자신과 또한 당신처럼 형제로서의 특
권을 떠들어 대는 숱한 사람들을 사로잡고 있는 것은 바로
숙명이다. 누구에게나 다 그런 특권은 있다. 이 세상은 특권
을 가진 사람들뿐이다. 그러나 앞으로도 많은 사람들이 사
형을 받을 것이다. 살인범으로 재판을 받게 되고, 어머니의
장례식에서 눈물을 흘리지 않았다고 해서 사형을 받는 것
이 뭐가 대단하단 말인가. 살라마노 영감의 개와 그의 부인
이 무슨 차이가 있던가. 꼭두각시 같은 작은 여자, 마송과
결혼한 파리지엔, 또 나와 결혼하고 싶어 한 마리 등 모두
똑같은 죄인인 것이다. 셀레스트는 레이몽보다 착했지만

그들은 모두 내 친구다. 그것이 뭐 중요하단 말인가. 그리고 마리가 오늘 또 다른 뫼르소에게 입술을 허락한다고 해도 그게 어떻단 말인가.

사형선고를 받은 녀석, 이놈아! 대체 넌 뭘 안단 말이냐? 미래의 심연에서…… 나는 나오는 대로 지껄이다가 질식할 것 같은 상태가 되었다. 간수들이 내게서 신부를 떼어 놓고 나를 쏘아 보았다. 신부는 간수들을 진정시키고 잠시 아무 말 없이 나를 쳐다보았다. 그의 눈에 눈물이 가득 고여 있었다. 그러더니 그대로 돌아서서 감방을 나갔다.

신부가 나간 뒤 내 마음은 평온해졌다. 나는 온몸의 기운이 빠져 자리에 쓰러졌다. 그리고 잠이 든 것 같았다. 눈을 떴을 때 별이 보였다. 밤의 냄새, 대지의 냄새, 소금 냄새가 관자놀이에 서늘하게 와서 닿았다. 여름의 보기 드문 평화가 물결처럼 나의 내부로 밀려왔다. 한밤의 막바지에서 사이렌이 울렸다. 사이렌은 내게 영원히 관계없는 세계로 떠남을 알리는 신호였다. 어머니의 얼굴이 떠올랐다. 어머니가 늘그막에 왜 '약혼자'를 두고 삶을 다시 꾸리려는 장난을 했는지 나는 이해할 수가 있을 것 같았다. 생명이 사그

183

라져가는 그 양로원 언저리에 찾아드는 저녁은 서글픈 휴식 시간 같은 것이었으리라. 그렇게 죽음에 가까이 이르러서도 어머니는 해방된 느낌으로 이 세상을 다시 살아 볼 마음을 가졌음이 틀림없었다.

그런 어머니가 죽은 것을 슬퍼할 권리는 내게 없다. 심한 분노가 괴로움을 씻어주고 새 희망을 안겨 준 것처럼 나도 삶을 다시 꾸며보고 싶은 생각이 들었다. 별이 반짝이는 하늘을 보며 이 세상의 다정한 무관심이 처음으로 내 마음을 사로잡는 것을 느꼈다. 이 세상이 나와 다름없는 형제 같았으니, 나는 그동안 행복했고 지금도 행복함을 느끼는 것이다. 모든 것이 성취되고 내가 사형 집행을 받게 되어 많은 구경꾼들이 증오에 찬 아우성으로 날 맞아주기를 바라는, 내게 남은 그 소원이 이루어질 때, 나는 비로소 외롭지 않으리라.

요나

|

작업 중인 예술가

화가인 질베르 요나가 확신하고 있는 것은 오직 자신의 별이었다. 그는 타인의 종교에 대해 존경과 심지어는 일종의 경탄까지도 느꼈지만, 그 자신에 대한 믿음에 힘을 지니고 있었다. 예컨대 여기서 믿음이란 특별히 내세울 만한 일을 하지 않더라도 많은 소득을 얻을 수 있을 거라는 막연한 생각과도 같은 것이다. 그래서 10여 명의 비평가들이 그가 스물다섯 살 전후에 이미 뛰어난 재능을 발휘하였다는 영광스러운 평을 늘어놓았을 때에도 그는 조금도 놀라지 않았던 것이다. 그의 이러한 천연덕스러운 태도를 보고 많은 사람들은 거만하다고 생각을 하기도 했다. 하지만 한편으로는 겸손 또한 그러한 믿음이 있기 때문에 비롯되는 것이기도 하나, 요나는 그것은 자신의 능력이 아닌 일종의 행운이라고 생각하고 있었던 것이다.

그러던 중 어떤 화상이 그에게 현실에서 벗어날 수 있는 풍족한 월급을 제의해 왔을 때에는 요나도 놀라지 않을 수 없었다. 허나 중학교 시절부터 요나의 별에 애정을 가져 왔던 건축가 라토는 그 정도의 월급으로는 궁핍한 생활에서 벗어나지 못할 것이며 그 화상만 이득을 보게 될 것이라고 충고해 주었다. 그러나 요나는 라토의 말에 주의를 기울이지 않았다.

"나는 그 정도로 충분하다고 생각해."

요나는 라토에게 그렇게 말했다.

라토는 자신이 계획한 것에 있어서만큼은 정확하게 추진하여 빠짐없이 일을 처리하는 능력 있는 사나이였다.

"그 정도로 충분하다니? 기준을 너무 낮게 잡을 이유는 없어."

라토는 요나에게 핀잔을 주었지만 요나는 아무런 흔들림도 느끼지 못했다. 그는 마음속으로 마냥 자신의 별에 대한 감사를 느끼고 있을 뿐이었다. 하여 요나는 화상에게 말했다.

"그렇게 할게요."

이제 요나는 그림에 몰두할 수 있게 되어서 아버지가 운영하는 출판사 일을 도맡아 하지 않아도 된 것이다.

"드디어 이런 날이 오다니!"

요나는 매우 기뻐하였다.

그는 행운이라는 것은 계속하여 다가오는 것이라고 생각하고 있었던 모양이다. 심지어는 오래전의 기억으로 거슬러 올라가 그때에도 자신에게 어떤 행운이 작용하고 있다는 것을 발견할 수 있었다. 그는 부모님에 대한 감사의 마음을 언제나 간직하고 있는 사람이었다. 그 감사함은 첫째로 부모님이 그를 똑바로 성장시켜 그에게 몽상에 잠길 만한 충분한 여유를 주었다는 것이었다. 둘째로 부모님이 간통이라는 이유로 헤어졌다는 내용이었다. 그 간통이란 것은 아버지가 주장한 것으로 아주 특수한 경우였다. 아버지는 자신의 아내가 자선사업을 하는 것을 평소 못마땅하게 생각하고 있었다. 어머니는 흔히들 일컫는 말로 성녀라고 불렸으며 마음이 바르고 깨끗하여 고통에 시달리고 있는 다른 이들을 구제하기 위해 자신의 생애를 바치는 사람이었다. 그러나 아버지는 그런 자신의 아내를 주인의 자격으로서 지배하려고만 했다.

"고통을 겪는 다른 사람들 때문에 내가 당신에게 등한시되는 일은 더는 참을 수 없어."

아버지 오셀로는 아내에게 그렇게 말했다.

요나는 그러한 아버지의 생각을 나름대로는 수긍하고 있었다. 그의 부모는 자기들의 이혼으로 말미암아 자식들이 정신 나간 살인마가 되는 경우에 대해 어디선가 읽어 본 적이 있었기 때문에 그러한 일이 발생하지 않도록 아들에게만은 정성스레 마음을 쏟았다. 그들은 어린 자녀가 겪을 상처를 덧나지 않도록 더 큰 관심을 쏟았던 것이다.

눈에 보이지 않는 상처야말로 가장 깊은 상처일 수 있기 때문이었다. 그러므로 요나가 조금이라도 불편한 기색이나 불만족스러운 티를 내면 그의 부모들은 불안과 초조함으로 곤욕을 치르곤 했다. 그리하여 그들은 요나에게 더욱더 많은 신경을 썼지만 안타깝게도 어린 요나의 불만은 조금씩 더 늘어만 갔다.

이러한 불행이 결국 친구인 라토를 희생해야 할 형제처럼 생각하게 만들어 버리고 만 것이다. 라토의 부모는 요나의 불행을 가엾게 여겨 그를 자신의 집으로 자주 초대하곤 했다. 그때마다 그들의 다정한 말은 용감한 자신들의 아들로 하여금 친구를 늘 감싸주고 보호하도록 만들었다. 그러한 라토의 이해심과 라토 부모님의 친절함은 라토와 요나의 우정을 조화롭고 두텁게 만들어주었다. 요나는 그 우정을 특별하게 생각하진 않았지만 라토에게 우호적인 감정을 늘 가지고 있었다.

요나는 별로 노력하지 않고 무사히 학업을 마쳤으며 이후에는 아버지의 출판사에 들어가 일을 했다. 더구나 화가로서의 재능을 발견하게 되는 행운까지 얻었다. 프랑스에서 가장 신뢰가 두터운 출판사의 사장인 요나의 아버지는 문화가 위기에 빠져 있다는 이유로 출판업이 다른 어떤 시기보다 더 번창할 수 있다고 생각했다.

"원래 사람들이 책을 보지 않는 만큼, 더 책에 대한 욕구가 강해지지. 그건 역사적으로 증명된 사실이야."

그는 자신 있는 말투로 말했다. 그래서 그는 회사로 들어오는 원고를 차분히 읽어 보지도 않고, 오직 저자의 명성과 내용이 시대적인 흥미에 적합하느냐에 따라 출판을 결정해 버리곤 했던 것이다. 하지만 변함없이 시대적인 대중들의 욕구에 부합되는 주제란, 즉 성적인 것이 주였으므로 자연히 그쪽 분야의 책을 전문적으로 내는 출판사가 되었다. 출판된 책은 주로 특수한 경로나 독특한 광고를 통해 영업을 했다. 요나는 거기에서 원고를 심사하는 일을 맡았는데, 시간이 많이 남아 그 시간을 어떻게 활용할지에 대한 고민을 하곤 했다. 그가 그림을 그리게 된 연유도 바로 그 때문인 것이다.

그는 처음으로 무언가에 열정을 쏟아 매일 집중하여 그림을 그렸다. 심지어는 처음부터 별다른 노력 없이도 꽤나 뛰어난 솜씨를 발휘했다. 그리고 다른 일에는 점차 흥미를 잃어갔다. 그 때문에 결혼 적령기도 그대로 흘려 버릴 뻔했다. 그림이 그의 삶을 장악하게 되어 버린 것이다. 허나 그는 평소에 주변 사람들이나, 업무에 있어서 성실한 태도를 유지했기 때문에 그림에 대한 열정이 삶을 애먹이게 하지는 않았다.

그런데 어느 날, 라토가 자신의 오토바이에 요나를 태우고 달리다가 그만 사고를 내고 말았다. 요나는 오른손에 붕대를 감고 그림을 그리지 못하는 지루한 나날을 보냈고 그 시간 동안 사랑이라는 것에 관하여 깊은 관심을 가지게 되었다. 그때 그는 자신이 처한 암울한 상황 속에서도 자신의 별이 가진 빛을 느끼고 있었다. 만약 교통사고가 아니었다면 그는 루이스 풀랭에게 관심을 쏟을 겨를이 없었을 것이다. 그녀는 요나에게 그만한 가치가 있는 여자였다.

그러나 라토에게는 루이스는 별로 특별할 만한 구석이 없는 사람이었고, 심지어 본인은 작은 키를 가졌음에도 불구하고 늘씬하고 아름다운 여자가 아니면 관심을 가지지 않았다.

"개미 같은 그 여자에게 무슨 매력이 있는지 나는 잘 모르겠어."

라토는 루이스에 대해 그렇게 이야기했다.

루이스는 키가 조그마하고 피부와 머리카락이 모두 까무잡잡한 편이었지만 몸매가 예뻤고 얼굴도 호감형이었다.

덩치가 크고 건장했던 요나는 그 개미처럼 작은 여인에게 성실히 마음을 쏟았다. 루이스는 매우 부지런한 구석이 있었는데, 그녀의 그러한 성격은 게으른 요나에게 좋은 본보기가 되어 두 사람의 관계에 조화를 가져다주었던 것이다. 루이스는 요나가 출판에 대해 많은 관심을 가지고 있는 줄 알고 문학 연구에 골몰하기도 했다. 그녀는 많은 책을 읽고 불과 몇 주일 동안에 어떠한 내용에 대해서는 제법 그럴싸한 논리를 펼칠 수 있는 정도의 경지에 오르기도 했다. 요나는 그 모습에 사뭇 감탄하였다. 그는 루이스가 가르쳐 주는 많은 것들이 자신에게 충분한 도움이 된다고 생각하였다. 또 현실에서 필요한 많은 소식들도 그녀를 통해서 알게 되었다. 끝내는 루이스가 있기 때문에 독서는 하지 않아도 좋겠다고 생각할 정도였다.

"어느 누가 악하다거나, 깨끗하지 못하다는 말은 이제 될 수 있는 한 삼가기로 했어요. 대신에 나 스스로 악해지기를 바란다거나, 추악해지기를 원한다고 말할 거예요."

어느 날, 루이스가 냉담한 어투로 말했다.

어감이라는 것은 매우 중요한 요소로서 일찍이 라토가

이야기했던 것처럼, 그것에 비판적인 태도를 지녀야 할 이유는 충분했다. 그러나 루이스는 그러한 믿음이라는 것이 사회적인 편견에서 비롯된다고 말했다.

"그래. 그런가보지 뭐."

요나는 무덤덤하게 대답했다. 그는 그러한 것에는 관심이 없고 오직 자신의 별에 대한 믿음만이 있을 뿐이었다. 루이스는 요나가 그림 이외에는 아무 것에도 관심이 없다는 것을 깨닫자마자 문학을 그만두고 조형미술 공부에 몰두하여, 요나를 끌고 박물관이나 전시관을 열심히 돌아다녔다. 요나는 동시대의 사람들이 그린 그림에는 도통 마음이 움직이질 않아, 어딘가 석연치 않은 느낌을 받았다. 그만큼 그는 대단한 예술가였던 것이다. 그러나 그는 자기 예술에 관련되는 모든 분야에 대한 동향을 알게 된 것에 큰 전율을 느꼈다. 루이스는 하룻밤만 자고 나면 작품을 감상했던 화가의 이름을 곧잘 까먹기도 했다. 하지만 자기가 문학에 심취해 있던 그때부터 품게 된 확신이 있었으니, 즉 인간이란 결국 무엇도 완전히 잊어버리지 않는다는 것이다. 그도 그럴 것이 요나의 별은 언제나 그 자신을 비추고 있었다. 그는 양심에 거리낌이 없이, 자신의 기억에 대한 믿음과 망각의 편의를 동시에 누리고 있었다.

물론, 루이스가 아낌없이 요나에게 헌신했기 때문에 그의 생활은 더 나아질 수 있었다. 이 천사는 요나에게 구두, 의복, 속옷 등을 사러 다니는 수고를 덜게 해주었다. 이런 일들은 일반적인 사람의 경우에는 부족한 인생을 더욱 부족하게 만들어 주는 일이었다. 그녀는 시간을 잡아먹는 여러 가지 귀찮은 일들, 사회보험의 까다로운 서류들과 세금에 대한 부분까지 빠짐없이 모두 도맡아 주었다.

"아무리 그래도 자네 대신에 치과까지 갈 수는 없는 거잖아?"

라토는 그녀를 비꼬며 말했다.

당연히 그녀가 그러한 것까지 대신해 줄 수는 없지만 전화를 통해서 가장 적당한 시간에 예약을 잡아 주는 것은 가능했다. 그리고 그녀는 4마력짜리 자동차를 청소했고, 여름휴가를 위한 호텔 예약, 심지어는 석탄을 장만하는 일까지 모두 처리해 주었다. 요나가 선물을 해야 할 일이 있으면 본인이 골라서 꽃과 함께 보내 주었고, 그런 일 외에도 요나가 없는 날, 그의 집에 들러 침대의 이부자리와 집안 곳곳을 정리해 주었다.

그녀는 언제나 그와 같은 마음으로 요나와 함께 잠을 청했다. 그리고 요나의 재능이 알려지기 전까지 시장과 약속을 잡아 그를 시장에게 데려갔으며, 신혼여행에서는 많은 박물관을 구경할 수 있도록 계획을 짜기도 했다. 비록 주택난이 심각한 때였으나, 사전에 방이 세 개가 있는 아파트를 마련해 두었고, 신혼여행에서 돌아와서는 신혼살림까지 꾸렸다. 이윽고 아들과 딸을 낳는데, 그것은 아이를 셋 낳아야겠다는 그녀 계획의 과정이었고, 그 일정은 요나가 출판사를 그만두고 그림에 몰두하기 전에 이루어졌다.

아이를 가진 이후에 루이스는 아이들에게 모든 관심을 쏟았다. 물론 남편도 챙기려고 노력했으나 시간이 부족했다. 결국 남편을 소홀하게 대하는 것을 매우 안타깝게 생각하면서도 그것은 어쩔 수 없는 일이라고 담담하게 받아들이고 말았다.

"어쩔 수 없어. 지금은 할 수 있는 일을 해야 할 때야."

그녀는 스스로에게 그렇게 말했다.

그것에 관해서는 요나도 동감이었다. 그와 동시대의 모든 예술인과 마찬가지로, 그도 직업인으로 인정을 받고 싶었던 것이다. 그리하여 직업인은 약간의 소홀한 관심 속에서 구두도 자기가 직접 사야 했다. 그러나 그것은 당연한 일이었다. 요나는 이것을 오히려 기쁘게 생각했다. 물론 상점을 찾아다니느라고 꽤나 애를 써야 했지만, 그러한 노력은 오히려 기쁘게 생각했다. 그 노력은 부부 사이에 행복과 관련하여 많은 가치를 부여하는 고독을 얻는 것으로 보상되었다.

이제는 생활환경이 가정생활에서 가장 중요한 것으로 생각되었다. 그들이 속한 시간과 공간이 같은 속도로 줄어들었기 때문이다. 자식들의 출생, 요나의 새로운 직업, 더 큰 아파트를 구할 수 없는 적은 봉급—이러한 것들은 두 사람의 활동에 비하여 좁고 한정된 장소밖에 제공해 주지 못하였다. 그들의 방은 18세기 오래된 거리의 낡은 호텔 2층에 있었다. 또한 많은 예술가들이 이 지역에 살고 있었다. 새로운 분야의 탐구는 옛 분위기 속에서 이루어져야 한다는 원칙에 충실한 데서 오는 결과였다. 요나도 그런 신념을 갖고 있었으므로, 그곳에 사는 것을 기쁘게 생각하고 있었다.

어쨌든 그들의 아파트는 상당히 낡은 것이었다. 하여 몇 군데 현대적으로 수리를 한 결과 독특한 모습을 지니게 되었다. 예컨대 그것은 건물의 적은 면적에 비해 손님들에게 많은 공기량을 제공한다는 점이었다. 높고 커다란 창문이 달려 있는 방들은, 그 크기로 보면 분명히 연회나 어떤 호화스러운 모임에 쓰이도록 계획된 것처럼 보였다. 그러나 도시의 인구가 증가하고, 부동산의 수입을 늘리기 위해 할 수 없이 대부분의 주인들은 그 넓은 방들에 칸막이를 하여 여러 개의 방을 만들고, 몰려드는 손님들에게 비싼 값으로 세를 놓고 있었다.

그러면서도 그들은 여전히 '충분한 공기량'을 자랑하는 것이었다. 이 점을 분명 부인할 수는 없었다. 집주인들이 방에 가로 칸막이를 설치할 수는 없었기 때문이다. 물론 그것이 아니라도 현대에 이르러 높아진 결혼 가정과, 번식력이 강한 젊은 세대에게 생활할 곳을 더 많이 제공하기 위해, 그들은 필요한 희생을 아끼지 않았을 것이다. 허나 넉넉한

199

공기의 용적은 언제나 이로운 것은 아니었다. 겨울에 방안을 덥히기가 어려워 집주인들은 연료비를 올리지 않을 수 없었다. 또 여름에는 유리의 면적이 넓어서 햇빛이 많이 쏟아졌다. 덧문이 없었던 것이다. 주인들은 덧문을 다는 것에 소홀했다. 창이 높은 데다가 목수의 보수가 비싸서 엄두가 나지 않았던 것이었다.

두툼한 커튼이면 덧문과 같은 역할을 할 수 있으며 커튼은 세 들어 사는 사람의 부담이므로 그 비용에 대해서 신경을 쓸 필요도 없었다. 결국 집 주인들은 세를 들어 사는 사람들에게 선심을 쓰는 척하며 자기네 상점에서 가져온 커튼을 적당한 가격으로 제공했다. 집을 세놓는 자들의 이러한 얄팍한 박애주의는, 일종의 취미에 지나지 않았다. 이 새로운 군주들은 평소에 포목이나 비로드를 파는 장사를 해왔던 것이다.

요나는 아파트의 이점(利點)에 감탄한 나머지 불편한 점은 군소리 없이 받아들였다. 초과된 연료값에 대하여는 그는 "좋도록 하오." 하고 주인에게 말하는 것이었다. 커튼은 침실에만 달고 다른 창들은 그냥 두어도 괜찮다는 아내의 의견에 동의하였다.

"우리들에게는 숨길 것이 아무것도 없어요."

마음이 깨끗한 그녀가 말했다. 요나는 제일 큰 방이 특히 마음에 들었다. 천장이 하도 높아서 거기에 조명 장치를 하는 것은 문제가 되지 않았다. 그리고 오르내리지 않고서도 드나들 수 있게 되어 있는, 그보다 훨씬 작은 방들이 좁은 복도를 통하여 나란히 연결되어 있었다. 아파트의 한쪽에는 구석방이 있었고, 화장실과 샤워실, 부엌이 딸려 있었다. 그 방은 새로 기계장치를 하여 물을 받는 조건을 갖추면 샤워실이라고 할만도 하였다.

그 아파트는 천장이 무척 높은 데다가 방들이 비좁아서, 문과 창만으로 보일 뿐이었기에 유리에 싸여 있는 기이한 평행육면체처럼 보였다. 따라서 가구들은 기댈 곳이 없고, 사람들은 강렬한 햇빛을 받아 수직형으로 된 어항 속의 잠수인형들처럼 떠돌기 마련이었다. 그리고 창들은 모두 안마당으로 향해, 조금밖에 떨어져 있지 않은 같은 스타일의 다른 창들을 마주하고 있어, 그 뒤에 있는 둘째 안뜰로 향한 또 다른 창들의 높게 뻗은 모습이 보였다.

"이건 거울방이로군!"

요나는 그렇게 말하면서 좋아하였다.

그는 라토의 충고에 따라서 부부의 방은 작은 방 하나로 정하고, 또 하나의 작은 방은 배 속에 들어 있는 아이의 방으로 생각해 두었다. 큰 방은 낮에는 요나의 아틀리에로 사용되고 밤과 식사 때에는 가족들의 공용 공간이 되었다. 그리고 요나나 루이스가 서 있어도 무방하다고 생각하면 부엌에서 식사를 할 수도 있었다. 라토는 가구를 여러 모로 효율적으로 놓을 수 있도록 도와주었다. 바퀴가 달린 문, 서랍식 선반, 접히는 탁자 등을 충분히 배치하여 가구의 빈약함을 보충하였다. 그리하여 이 독특한 아파트의 요술 상자 같은 인상은 더욱더 짙어졌다.

그러나 방들이 그림과 아이들로 가득 차게 되자, 그들은 새로운 거처를 마련해야 했다. 셋째 아이가 태어나기 전에는 요나는 큰 방에서 일을 하고, 루이스는 부부방에서 뜨개질을 했다. 두 아이들은 다른 방에서 떠들고 놀며 온 아파트 안을 자유롭게 굴러다녔다. 갓 태어난 아이는 요나가 그림을 병풍처럼 쌓아 올려서 마련한 아틀리에의 한 구석에서 기르기로 하였다. 그렇게 하면 어린애가 우는 소리에 곧 응할 수 있다는 이점도 있었다. 그렇다고 요나가 귀찮게 생각할 필요는 없었다. 루이스가 먼저 달려가 아이를 돌보기 때문이었다. 어린애가 울 때까지 기다리지 않고 발끝으로 조심스럽게 살금살금 걸어서 아틀리에로 들어오는 것이었다. 요나는 아내의 그러한 섬세함에 감동을 받아 자기는 별로 신경이 예민하지 않으므로 발소리가 나더라도 일하는 데 지장이 없다고 말하였다. 아내는 어린애를 깨우지 않기 위해서도 그렇게 해야 한다고 말하였다. 요나는 그러한 어머니로서의 애정에 크게 감격하여 미처 거기까지 생각지 못한 자기 자신을 껄껄 웃어 넘겼다. 그 때문에 그는 아내가 조심스럽게 자기 방에 들어오는 것이 오히려 태연하게 들어오는 것보다 더 방해가 된다는 말을 감히 입 밖에 내지 못하였던 것이다.

첫째로 발소리를 죽이고 들어오면 시간이 더 오래 걸렸으며, 둘째로는 일종의 무언극이 벌어진 것처럼 두 팔을 커다랗게 벌리고 상반신을 뒤로 약간 젖힌 채 발을 앞으로 높이 쳐들고 아내가 옆을 지나갈 때면, 곧바로 눈에 띄었기 때문이다. 아내의 그러한 방법은 그녀의 의도와는 정반대의 결과를 가져오기도 하였다. 왜냐하면 아틀리에에 가득 쌓여 있는 어느 캔버스 하나를 걷어찰 우려가 있었기 때문이다. 그러면 어린애를 깨우게 되고 어린애는 자기의 불만을 마음껏 표현하는 것이었다. 그 수단이 또한 상당하였다. 아버지는 아들의 대담한 성격에 감탄하며 아들을 달래기 위해 급히 달려갔고 곧이어 아내도 뛰어와서 아이를 앗아가곤 하였다. 그러면 요나는 캔버스를 세워놓고 붓을 손에 든 채 끈기 있게 울어대는 아들의 우렁찬 울음소리에 마음이 흐뭇하여 귀를 기울이는 것이었다.

어린애가 이렇게 우는 이유는 요나가 성공을 거두어 많은 친구가 생겼기 때문이기도 하였다. 친구들은 자주 전화를 걸어오기도 하고, 별안간 찾아오기도 하였다. 그는 여러모로 궁리를 한 끝에 전화를 아틀리에에 놓을 수밖에 없었는데, 자주 벨이 울려 아이는 잠에서 깨어나, 벨소리와 뒤섞인 울음을 터뜨리는 것이었다. 간혹 루이스가 다른 아이들을 돌보고 있을 때면, 그녀는 아이들과 함께 뛰어오기도 하였다. 그러나 대부분의 경우는 요나가 한 손에 갓 태어난 아이를 안고, 또 다른 손으로 점심 식사에 대한 이야기가 흘러나오는 수화기와 그림을 그리던 붓을 들고 있었다. 화술이 서투른데도 불구하고 친구들이 점심 식사에 초대해주는 것을 고맙게 생각하였지만, 그는 되도록 낮 시간을 허비하지 않고 밤에 외출하는 것을 더 좋아했다. 하지만 유감스럽게도 대부분의 친구들은 점심에만, 그리고 바로 그날의 점심밖에는 틈을 낼 수가 없다고 하였다. 친구들은 그 점심 식사를 친애하는 요나에게 꼭 대접하고 싶다는 것이었다.

"좋을 대로 해."

요나는 그 초대를 수락하고 수화기를 놓은 다음에 "친절한 친구야." 하며 아이를 아내에게 맡기는 것이었다.

그는 일을 계속했지만 얼마 뒤에는 점심 식사 때문에 그 일은 중단되어야만 했다. 그는 캔버스를 치우고 특제 식탁을 펴서 아이들과 함께 둘러앉아야 했다. 그는 식사를 하면서도 제작 중인 그림에서 눈을 떼지 않았다. 또한 아이들은 음식을 씹어서 삼키는 속도가 좀 느리다고 생각하기도 했다. 그리하여 식사 시간은 언제나 요나의 생각보다 길어지는 것이었다. 그러나 신문에서, 잘 소화시키려면 천천히 씹어 먹어야 한다는 기사를 읽은 후부터는, 식사를 할 때마다 유유히 즐거야 한다는 생각을 지니게 되었다.

어떤 때는 새로운 친구들이 찾아오기도 했다. 라토는 늘 저녁 식사가 끝난 뒤에 찾아왔다. 그는 낮에는 자기 사무실에 있으면서, 화가는 낮에 햇빛 아래서 일을 해야 함을 잘 알고 있었던 것이다. 그런데 요나의 새 친구들은 거의가 화가 아니면 비평가들이었다. 어떤 친구들은 전에 그림을 그린 적이 있었고, 또 다른 친구들은 앞으로 그리려는 참이었고, 나머지 친구들은 지금까지 그린 그림이나 앞으로 그릴 그림을 연구하고 있었다. 모두들 더할 나위 없이 예술을 매우 존중하였으며 작품 제작과, 예술가에게 절대로 필요한 명상을 그토록 훼방하는 현대사회의 조직을 개탄하고 있었다. 그들은 종종 오후가 되면 찾아와서 그러한 탄식을 하면서, 요나에게는 일을 계속하라고 하였다.

즉 자기들이 없는 것으로 간주해 주기를 바라는 것이었다. 자기들은 속물이 아니어서 예술가에게 시간이 얼마나 소중한 것인가를 잘 알고 있으므로, 자기들에게는 조금도 개의치 말고 자유롭게 행동해 주기를 바란다는 것이었다.

요나는 자기네 앞에서 일을 해도 무방하다고 생각할 줄 아는 친구들을 갖게 된 것을 매우 만족해하며 하던 일을 계속하였으나, 묻는 말에 대답도 하고 들려주는 이야기에 웃기도 하였다.

그와 같이 자연스러운 태도로 인해 친구들은 더욱 허물없이 지내곤 하였다. 그들 사이에는 언제나 화기가 맴돌아 때로는 식사 시간을 잊어버리기도 했다. 그러나 아이들은 기억력이 좋았다. 아이들은 곧잘 뛰어와서 그 틈에 섞여 큰 소리로 졸라대기도 하고, 손님들의 이 무릎 저 무릎에 뛰어다니며 품에 안기기도 하였다. 이윽고 안마당을 덮은 네모난 하늘에서 햇빛이 기울어지면, 요나는 붓을 놓았다. 이제 남은 일은 친구들에게 있는 찬으로 식사를 권하고 밤이 늦도록 예술에 대한 이야기, 특히 그 자리에 있지 않은 무능한 화가들, 표절가가 아니면 사리사욕에 급급한 자들에 대한 이야기를 하는 것이었다.

요나는 이른 아침에 햇빛을 맞이하기 위해 일찍 일어나는 것을 좋아했다. 그러나 밤 늦도록 이어지는 이야기에 그것은 어려운 일이 되었다. 조반도 자연히 늦어질 것이고, 몸도 더 피로하게 되리라는 것을 그는 잘 알고 있었다. 그러나 하룻밤 사이에 그토록 많은 것을 배우게 된 것을 기쁘게 생각하기도 하였다. 눈에 보이지 않지만 그의 예술에 반드시 도움이 되리라는 믿음이 있었던 것이다.

"예술에 있어서는 무의미한 것이 하나도 없어. 그건 자연에 있어서와 마찬가지야. 이건 별 덕분이지." 하고 그는 말하였다.

친구들 외에도 제자들이 가끔 요나의 집을 찾아왔다. 요나는 이제 하나의 파를 이루고 있었다. 이 사실에 그는 처음에는 적잖게 놀랐다. 앞으로도 많은 것을 배워나가야 할 자기 스스로에게 과연 남들을 위한 배움이 있을까 하는 두려움 때문이었다. 그는 예술가로서 어둠속을 걸어가고 있었다. 그러한 그가 어떻게 남에게 참된 길을 가르칠 수 있겠는가? 그러나 그는 제자란 반드시 무엇을 자기에게서 배우고 싶어 하는 사람만이 아니라는 것을 금방 깨닫게 되었다. 그보다는 오히려 스승을 가르치는 정신적인 기쁨을 누리기 위해 제자가 되기도 하였다. 그는 이러한 사실을 알게 되자 비로소 자신의 영광을 겸손하게 받아들일 수 있었다.

그의 제자들은 요나의 그림을 그에게 장황하게 설명하였다. 그리하여 그는 자기 작품 속에서, 자기 자신으로서도 미처 몰랐던 많은 의도를 발견하는 동시에, 자기로서는 표현하려고 생각하지 않았던 부분에 대해서까지 깨닫게 되었다. 요나는 자기 예술이 빈약하기 짝이 없다고 생각하고 있었으나, 제자들로 말미암아 갑자기 자신은 작품성이 풍부하다고 느끼게 되었다. 가끔씩 그는 미처 깨닫지 못했던 풍부한 예술성 앞에서 우쭐함을 지니기도 하였다.

'정말 그럴지도 모르지.'

그는 마음속으로 중얼거리는 것이었다.

'저 후면에 얼굴만이 보일 뿐이지만, 간접적인 인물화라는 말이 뭔지는 잘 몰라도 나는 내가 그 효과를 훌륭하게 표현한 것은 사실이야.'

그러나 그는 대개 거북한 대작의 솜씨를 그의 별 덕분으로 돌리곤 했다.

'빛나고 있는 것은 별뿐이야. 나는 루이스와 아이들 곁에 살고 있을 따름이지.'

그런데 제자들에게는 또 다른 공로가 있었다. 그들은 요나에게, 자신에 대하여 더욱 엄격하기를 요구하는 것이었다. 그들은 요나에 대하여, 특히 양심과 작품의 역량을 높이 평가하였기 때문에 어떠한 결함도 그에게 용납될 수는 없었다. 그리하여 그는 어려운 제작의 고비를 넘기고 다시 일을 계속하기 전에 사탕이나 초콜릿 조각을 깨물어 먹는 오래된 습관을 잃어버렸다. 자기 혼자라면 몰래 그 버릇을 지속하였을 터이지만, 옆에는 거의 언제나 제자들과 친구들이 모여 있어, 그의 정신적인 성장에 적잖은 도움을 주었던 것이다. 그들 앞에서 초콜릿을 씹는다는 것은 대단히 어색한 일이며, 또 그런 사소한 괴벽으로 말미암아 그들의 재미있는 이야기를 방해할 수는 없었던 것이다.

그리고 제자들은 요나에게 스스로의 예술관에 충실할 것을 요구하였다. 그는 제자에게 한동안 고심하다가도 때때로 번개 같은 순간의 빛을 느낄 수 있었으며, 그럴 때면 현실이 새로운 아름다움으로 전개되는 것이었다. 그는 이러한 미학에 대하여 애매한 관념밖에 갖고 있지 못했다. 그러나 제자들은 그와 반대로 각자 모순되기는 하였지만 명백한 관념을 갖고 있었다. 그 점에 대하여 그들은 매우 진지하였다. 그는 예술가의 겸손한 벗이라고 할 수 있는 환상을 불러일으키고 싶기도 하였다. 그러나 제자들이 그들의 관념에 어긋나는 어떤 그림을 앞에 놓고 이맛살을 찌푸리는 것을 볼 적마다, 그는 자기 예술에 대하여 조금 더 깊이 반성하지 않을 수 없었다. 그것은 물론, 요나에게 이로운 일이었다.

또한 제자들은 자기 자신의 작품에 대한 요나의 의견을 물어보는 것을 통해 그를 이롭게 하였다. 거의 날마다 그림을 가져다가 보여주는 사람이 찾아오곤 하였다. 그들은 으레 빛을 잘 받을 수 있도록 자기 그림을 요나와 그가 그리고 있는 그림 사이에 갖다 놓곤 했다. 그는 그 그림들에 대하여 자신의 어떤 의견을 말해야만 하였다. 그때까지 그는 자기에게 작품을 판단하는 능력이 전혀 없는 것을 언제나 남몰래 부끄럽게 생각해왔었다. 그는 자기가 열광적인 감동을 느끼던 몇몇 작품과 분명히 서툴게 보이는 그림을 제외하고는 모두가 흥미로웠고 그렇지 않다고 하여도 사실은 무방하였다. 그러므로 그는 많은 비평의 안목(眼目)을 길러야만 하였다.

제자들은 이 도시의 모든 화가들과 마찬가지로 다소의 재능은 갖고 있었다. 그리하여 그들이 한자리에 모여 있을 때에는, 그들을 다 만족시키기 위해 갖은 표현들을 생각해내야 했으므로, 그의 비평도 자연스레 복잡하게 되었다. 그는 그러한 의무로 하여 풍부한 어휘와 뚜렷한 예술관을 갖지 않을 수가 없었다. 그러나 그의 타고난 친절함은 그러한 노력으로 말미암아 거칠어지지는 않았다. 그는 제자들이 자기의 비평을 원하고 있는 것이 아니라(그들에게 비평 같은 것은 아무 소용도 없었다) 일종의 격려와 될 수 있으면 칭찬을 바라고 있을 뿐이라는 것을 곧 깨닫게 되었다. 그런데 그 칭찬도 여러 가지 어휘로 다양하게 구성되어 있어야만 했다. 요나는 언제나 자기가 친절하다는 것만으로 만족하지 않았다. 그리하여 그는 교묘하게 친절을 부리게 된 것이다.

어느새 세월은 흘러갔다. 이제 그는 캔버스의 운집과 늘어선 의자에 앉아 있는 친구들과 제자들에게 에워싸여 그림을 그리고 있었다. 그리고 흔히 이웃 사람들까지 맞은편 창가에 나타나 구경을 하는 것이었다. 그는 토론을 하고, 자기 견해를 말하고, 가져온 그림을 봐주고, 거기에 아내가 지나갈 때 웃음을 지어 보이고, 아이들을 달래고, 전화에 상냥하게 응답을 하면서도 화필을 들고 그림 손질을 하는 것이었다. 어느 의미에서는 생활이 충만하여 그 시간을 남김없이 사용할 수 있었기 때문에, 권태에 빠지지 않게 된 자기의 운명에 대하여 퍽 감사함을 느끼기도 하였다. 화폭에 그림을 채우려면 많은 노력이 전해져야 하므로, 일에 몰두하고 있으면 자연스레 삶의 권태로움은 잊을 수 있는 것이어서, 실로 이로운 점이 많다고 생각하게 되었다.

그의 작품 활동은 친구들의 교제가 빈번함에 따라서 자연스레 더디게 진행되었다. 그는 혼자 있을 수 있는 드문 시간에도 서둘러 일을 하려면 큰 피로감을 느꼈다. 그러한 경우에는 우정의 즐거움과 권태의 영향을 적절히 화해시킬 수 있는 새로운 방법을 생각해내는 일이 간절해졌다. 요나는 아내에게 자기 심정을 토로하였다. 아내는 아내대로 아이들이 자라면서 방이 좁아지고 있음을 걱정하고 있었다. 아내는 큰 아이에게 넓은 방을 주어서 병풍으로 침대를 가리게 하고, 작은 아이는 작은 방에 옮기면 전화 벨소리에 잠이 깨는 일이 없을 것이라고 말하였다. 갓난애는 자리를 많이 차지하지 않기 때문에 요나가 작은 방을 아틀리에로 사용할 수 있으리라는 것이었다. 그렇게 되면 넓은 방은 응접실로 사용할 수도 있어 요나는 자기가 고독을 필요로 한다는 것을 모두들 알아줄 것이기 때문에 이리저리 오가며 친구들을 만난다든가, 그림을 그린다든가, 자유롭게 일을 진행할 수 있으리라고 하였다. 그리고 큰 아이들을 재워야 하기 때문에 저녁의 모임을 단축시킬 필요도 있다고 했다.

"그것 참 좋은 생각이로군." 하고 요나는 잠시 후에 말하였다.

"그리고 당신의 친구들이 빨리 집으로 돌아가면 우리가 함께 지내는 시간도 자연히 길어질 거예요."

아내는 요나에게 말하였다.

요나는 아내를 바라보았다. 그녀의 얼굴에 슬픈 그림자가 스쳐갔다. 그는 가슴이 뭉클하여 아내를 껴안고 애정을 듬뿍 담은 키스를 해 주었다. 아내도 자기를 온전히 맡겼다. 그리하여 그들은 잠시 동안 신혼 시절의 기쁨을 만끽하였다. 그러나 아내는 포옹을 풀었다. 방이 남편에게 너무 좁을

지도 모른다는 생각이 들었던 것이다. 그녀는 줄자를 찾았다. 그들 부부는 요나의 화폭과, 그보다 더 많은 제자들의 화폭이 놓여 있기 때문에 언제나 작은 방보다 별로 넓지 않은 공간에서 일해 왔다는 사실을 발견했다. 요나는 곧 이사를 했다.

다행스럽게도 요나의 명성은 일을 적게 할수록 높아져 갔다. 그는 전람회 때마다 큰 기대를 갖게 하고, 미리부터 관심을 받게 되었다. 그의 아틀리에에 자주 드나들던 두 명의 손님도 참가하여 몇몇 비평가들은 그들의 비평이 단순한 칭찬으로만 그치지 않도록 소극적으로 그림을 비난하기도 하였지만, 대체로 좋은 평들이 자자했다. 제자들은 그러한 비판에 불만을 품었으나 요나는 자신을 아끼는 제자들의 마음으로 인해 그런 사소한 비판에 별로 큰 관심을 두지 않았다. 제자들의 말에 의하면 그의 초기의 작품들도 물론 뛰어나기는 하지만, 현재의 경지는 실로 하나의 혁명을 준비하는 과정이라고 것이다. 그는 초기의 작품에 대하여 칭찬을 들을 때마다 좀 불쾌한 생각이 드는 자기 자신을 나무라고 진심으로 감사의 뜻을 표했다. 다만 라토만이 투덜거렸다.

"희한한 놈들이야…… 놈들이 좋아하는 것은 동상처럼 꼼짝 않고 있는 자네야. 계속 그놈들의 말에 귀를 기울이다간 명대로 살지 못할 거라고!"

그러나 요나는 제자들을 감싸고 돌았다.

"자넨 아직 몰라서 그래. 그들은 내가 하는 것은 뭐든지 좋아한단 말이야."

요나가 라토에게 말하였다.

"그래. 하지만 내가 좋아하는 건 자네의 예술이지. 저 그림들이 아니야."

그러자 라토도 곧바로 대꾸하였다.

요나의 작품은 여전히 평이 좋았다. 어느 전람회에서 열광적인 환영을 받은 후에, 어느 화상은 봉급을 자진하여 올리겠다고 하였다. 요나는 감사하다고 말하며 그 제의를 받아들였다.

"이 작품 앞에서 돈이라는 게 뭐 그리 대단한가요."

화상이 요나에게 말하였다. 그 따뜻한 마음은 요나를 감동시켰다. 그러나 요나가 자선사업을 위하여 그림 한 장을 내놓으려 한다며 그에게 양해를 구하자, 화상은 그것이 자신에게 도움이 될 만한 자선사업이냐고 물었다. 요나는 그 속마음을 잘 알 수 없었다. 화상은 그림의 판매에 대하여는 그에게 전적으로 일임하기로 되어 있는 계약 조건을 그대로 준수하자고 하였다.

"계약은 어디까지나 계약이니까요." 하고 화상은 말하였다. 그들의 계약에는 자선사업과 같은 것은 전혀 포함되어 있지 않았다.

"그럼, 그렇게 하시지요."

요나는 계약에 수긍하였다.

새로운 생활방식은 요나에게 매우 만족스러웠다. 그는 자기에게 온 많은 편지에 답장을 쓰기 위해 가끔 혼자 있을 수도 있었다. 그는 예의 바른 사람이라 답장을 쓰지 않을 수가 없었다. 어떤 편지들은 요나의 예술에 대한 것이고, 또 어떤 것들은 발신인 자신에 관한 것으로(대부분은 그런 내용이었다) 그 내용으로는 화가로서의 소질에 격려를 바라거나, 어떤 권고 또는 금전적인 원조를 요구하는 것들이었다.

그의 이름이 신문에 자주 나타나면서, 심지어는 참을 수 없는 부정의 규탄에 참가하라는 요청도 받게 되었다. 그는 답장에서 예술에 관한 글을 쓰고, 감사장을 보내고, 충고를 하고, 조그마한 원조를 보내 주기 위해 넥타이를 사는 것을 단념해야 했으며, 끝내 정의를 지키기 위함이라는 어떤 정치적인 대열에 서명을 하였다.

"이제는 정치까지 하는 거야?"

라토는 말했다.

"그런 건 문학가들이나 잘나신 계집애들에게 맡겨둬."

물론 요나는 정치적인 입장이 포함되어 있지 않은 항의에만 서명하였다. 하지만 모든 항의가 표면적으로는 그런 것들로부터의 자유를 내세우고 있었다. 그는 몇 주간 일을 잊어버리기도 하고, 다만 새로 온 편지가 가득 차 있는 주머니를 늘어뜨리고 다녔다. 그는 제일 긴급한 편지에만 우선 답장을 써 보냈다. 그것은 대부분 모르는 사람들이 보내온 편지였다. 그리고 시간적인 여유가 있을 때에 답장을 해 주어도 무방한 편지들, 즉 친구들이 보내온 편지들에 대하여는 조금 더 시간을 두고 답장을 쓰도록 남겨 두었다. 그는 그처럼 의무가 많아지고 보니, 한가하게 산책할 수도 없고 마음을 편하게 가질 수도 없었다. 그는 언제나 시간에 쫓기면서 무슨 죄라도 짓는 것 같은 심정이었다. 그림 작업에 임하고 있을 때에도 그런 생각에서 벗어날 수 없었지만, 일할 시간도 충분히 허락되지 못했다.

아내는 아이들을 기르느라 더욱 많은 시간을 투자했다. 그리고 요나도 자신이 할 수 있는 일이라면 모두 맡아서 하려고 했다. 그리하여 요나는 마음이 울적하였다. 그는 자기의 즐거움을 위해 일하고 있지만 아내가 하는 일은 대부분 귀찮은 것뿐이었기 때문이다. 특히 아내가 볼일이 있어 잠시 외출하여 집을 비우면, 그것을 더욱 절실히 느낄 수 있었다.

"전화 왔어요!" 하고 큰 아이가 소리를 지르면, 요나는 그리던 그림에서 손을 떼고 급히 달려가서 또 하나의 새로운 초대를 받아 가지고 돌아오는 것이었다. "가스 회사에서 왔어요!" 작은 애가 열어 준 현관문 앞에서 회사원이 소리를 지르기도 하였다.

"네. 나갑니다!" 요나가 전화나 현관문에서 돌아오면 별 안간 친구나 제자가, 때로는 둘이 동시에 작은 방으로 그를 찾아와서, 전에 하던 이야기를 계속하기도 했다. 그리하여 끝내는 그 모든 일이 복도에서 뒤엉킨 채로 벌어지는 지경에 이르렀다.

그들은 복도에서 서성거리며 이야기를 계속했다. 멀리서 요나의 증언을 청하는가 하면 좁은 방으로 잠깐 들어오기도 했다.

"이 방에 들어와야 겨우 당신 얼굴이라도 좀 보게 되는구려."

그들의 말에는 아쉬움이 묻어 있었다.

요나는 또한 자기가 만나 주지 못하는 사람들에게는 실망을 주리라는 생각에서 몹시 미안한 마음이 들었다. 그런 사람들은 흔히 요나 자신도 만나고 싶은 친구들이었다. 그렇지만 시간이 모자랐다. 그들의 청을 다 받아들일 수는 없었다. 그리하여 그는 좋지 않은 평을 듣기도 하였다.

"그 친구 성공을 하더니 교만해졌어. 아무도 만나 주지 않거든." 하고 사람들은 불평을 했다.

"그 친구는 자기 자신밖에 좋아하지 않아." 하고 사람들은 말하기도 했다.

요나는 자기 예술에 애정을 가지고 있고, 아내와 아이들, 그리고 라토를 포함한 그 밖의 몇몇 사람들을 사랑하며, 또 모든 사람들에게 긍정적인 마음을 갖고 있었지만, 인생은 짧고 시간은 빠르며, 그의 젊음에도 한도가 있었다. 사실 세계와 인간을 그리는 동시에 인간들과 함께 살아간다는 것은 여간 어려운 일이 아니었다. 요나는 자신의 그러한 처지를 남에게 하소연할 수도 없고, 그와 같은 이야기를 감히 풀어놓을 수도 없었다. 혹시라도 속마음을 털어놓아도 대개 사람들은 그의 어깨를 툭툭 치며 말하는 것이었다.

"행복한 줄이나 아세요! 그것이 명성의 대가라는 거요."

요나의 방에는 편지가 쌓였고, 제자들은 그에게 여유를 주지 않으며, 거기에 사교계의 인사들까지 그를 찾아오게 되었다. 하지만 영국 왕실에 대한 이야기나, 먹고 노는 일에 국한되어 있던 사교계의 인사들이 그림에 관심을 갖는 것을 그는 대견하게 생각하였다. 사교계의 인사들이라야 주로 상류계층의 부인들이었다. 그녀들은 그림을 사지는 않았으나, 자기네를 대신하여 그림을 사 주리라는 기대를 갖고 어떤 남자 친구들을 데려오기도 하였다. 안타깝게도 그 기대는 매번 실망으로 이어졌지만. 그 대신 그녀들은 루이스를 도와주었다. 하여 찻잔은 그녀들의 손에서 손으로 옮겨져, 부엌에서 넓은 방에 이르는 복도를 지나 좁은 아틀리에에 이르는 것이었다. 거기서 요나는 방에 가득한 몇몇 친구들과 방문객들이 지켜보는 가운데서 그림을 그리다가 화필을 내려놓고, 어떤 매혹적인 여자가 그를 위해 특별히 따라 놓은 차를 마셨다.

그는 차를 마시고, 어떤 제자가 요나의 캔버스 위에 올려놓은 초를 잡은 그림을 바라보고, 친구들과 함께 웃고, 전날 밤에 쓴 편지 뭉치를 부쳐 달라고 부탁하고, 그의 다리 사이에서 넘어진 둘째 놈을 일으켜 주고, 누군가와 함께 사진을 찍도록 포즈를 취하고, 그러는 와중에 "요나, 전화요!" 하고 부르면, 찻잔을 손에 든 채 매우 미안하다고 말하면서, 복도를 빽빽하게 채우고 있는 많은 손님들 사이를 지나 전화를 받으러 뛰어갔다가 돌아오기도 하였으며, 그림 한쪽에 색칠을 하다 말고, 매혹적인 그 여자에게 초상화를 그려 주겠노라고 대답하고, 다시 자기 캔버스로 돌아가는 것이었다. 요나는 자신의 그림을 그리는 와중에도,

"요나, 서명을 하게."

"이건, 배달인가?"

"아니야. 카슈미르의 도형수야."

"아, 그래."

하며 알지도 못하는 대화를 이어가기도 했다.

이어서 그는 현관으로 달려가 소중한 친구인 젊은이를 맞아들여, 그의 항의를 듣고, 정치에 관련된 것인지의 여부를 궁금히 생각하다가, 예술가의 책무로서 당연히 생기게 마련인 의무에 대한 실책과 동시에 궁금증을 가라앉혀 주는 몇 마디 말을 듣고, 서명을 하고, 이름도 외울 수 없는 얼마 전 우승한 권투선수라든가, 어느 위대한 외국 극작가와 만나러 다시 나가야만 했다.

극작가는 그와 5분 동안 대면을 하고, 프랑스 말을 몰라 분명히 말할 수 없는 것을 감동 어린 눈초리로 전달하였다. 요나는 진정 호의를 내보이며 머리를 끄덕이고 있었다. 다소 답답한 이 상태는 다행히 위대한 화가에게 소개를 받고 싶어 하는 마술사의 등장으로 해소될 수 있었다. 요나는 만족스러운 얼굴로 매우 기쁘다고 말한 뒤, 호주머니 속에 들어 있는 편지 뭉치를 더듬은 후에, 다시 붓을 잡고 그림을 계속 그리려고 했지만, 마침 선물로 가져온 한 쌍의 개에 대한 인사를 우선 건네야 했고, 개를 요나와 아내의 방에 갖다 넣어 두고 다시 돌아와서, 선물을 갖고 온 여인의 점심 초대를 응낙하고, 아내의 고함소리를 듣고, 다시 나가 그 셰퍼드들이 집 안에서 살도록 훈련되어 있지 않은 것을 보고는 그 개들을 샤워실로 데리고 갈 수밖에는 없었다.

거기서 개들은 하도 극성스럽게 울었기 때문에 나중에는 귀까지 들리지 않게 되었다. 요나에게는 가끔 사람들의 머리 너머로 아내의 시선이 슬프게 눈에 띄었다. 어떻게든 하루가 지나가면, 방문객들은 돌아가기도 하고 어떤 사람들은 큰 방에서 꾸물거리기도 하면서, 루이스가 아이들을 재우는 것을 바라보고 감동하곤 했다. 모자를 쓰고 말쑥하게 차려입은 어떤 여인이 루이스를 친절하게 도와주면서, 이제부터 다시금 자신의 저택으로 돌아갈 것을 한탄하고 있었다. 그 집에서 보내는 생활은 매우 이중적인 모습이어서, 요나의 집보다는 친근함과 아늑한 맛이 적다는 것이었다.

어느 토요일 오후에 라토는 루이스에게 부엌 천장에 달

기 편리한 빨래걸이를 가져왔다. 그 무렵 아파트에는 사람들이 가득 차 있었다. 요나는 좁은 방안에서 화가들에게 둘러싸여 개와 개를 선물한 여자를 그리고 있었으며, 그 모습을 또 어떤 화가가 그리고 있었다. 루이스가 하는 말에 의하면, 그 화가는 국가의 명령을 따라 그렇게 하고 있다는 것이었다.

"작업하는 예술가가 되겠대요."

라토는 방 한구석에서 그림 그리기에 열중하고 있는 친구를 바라보았다. 라토와는 초면인 어느 화가 한 사람이 그를 향해 말을 걸어왔다.

"요나 선생은 정말 근사하군요!"

라토는 그 말에 다만 다음과 같이 대답하였다.

"그림을 그리세요?"

"네. 저도 그림을 그리고 있습니다. 그런데, 저 선생은 이제 퇴보하고 있군요."

"퇴보라니, 벌써요?"

놀란 라토가 반문하였다.

"그럼요. 성공하였기 때문이지요. 성공에는 당해 낼 재간이 없습니다. 이제 저분도 마지막입니다."

"퇴보라면, 이제 끝이라는 건가요?"

"네. 퇴보하는 예술가는 끝을 향해 가고 있는 셈이지요. 보십시오. 이제 저분에게는 그릴 것이 아무것도 없어요. 다만, 다른 사람에게 그려져서 벽에나 걸릴 테지요."

밤이 깊었다. 루이스와 라토, 요나는 서 있고, 다른 두 사람은 침대 한쪽에 앉아 있었다. 아이들은 잠에 들었고 선물받은 개들은 다행히도 시골로 보내졌다. 루이스는 그 많은 식기들을 씻고, 요나와 라토는 그 물기를 닦고 정돈하였다. 그 순간은 분명 고단하였으나 마음만은 편안했다.

"식모를 한 사람 두는 게 어때요?"

라토는 높게 쌓인 접시를 바라보고 말하였다. 그러나 루이스는 슬픈 얼굴을 하고 대답했다.

"그러기 위해서는, 방이 있어야죠."

한동안 침묵이 흘렀다.

"자넨 지금 생활에 만족하는가?"

문득 라토가 친구에게 물었다. 요나는 웃어 보였으나 피곤한 기색이 역력했다.

"물론 만족하고 있지. 모두들 나를 친절히 대해 주니까."

"꼭 그렇다고는 볼 수 없네."

라토는 조심스럽게 말을 이었다.

"조심하게. 보이는 것처럼 다들 깨끗하고 친절하지만은 않아."

"누구를 두고 하는 말이지?"

"자네의 화가 친구들을 두고 하는 말이네."

"그거라면, 나도 알고 있어."

요나가 말하였다.

"예술가들은 그런 거라네. 아무리 실력이 뛰어난 자라고 해도 확신은 없거든. 그래 이를테면 증거를 찾기 위해 타인을 비난하기도 하지. 그래야만 자위(自慰)를 느끼거든. 그들은 고독해."

라토는 고개를 옆으로 저었다.

"맞는 말이야."

요나는 말을 이었다.

"하지만, 난 그들을 알고 있네. 그리고 그들을 아끼고 있어."

"그럼 자네 자신은 어때?"

라토가 말하였다.

"그럼 요나 자네는 자신이 있는가? 자넨 누구도 나쁘게 비난한 적이 없지 않은가."

요나는 생긋 웃어 보였다.

"나도 흔히 남의 결점에 대하여 생각해 보네. 다만 쉽게 잊어버릴 뿐이지."

그는 굳어진 표정으로 말을 이었다.

"자신이 없어. 그렇지만 나는 언젠가 자신을 갖게 될 거야. 그걸 굳게 믿고 있네."

라토는 루이스의 견해를 물었다. 그녀는 피로를 몰아내고 남편의 말이 옳다고 하였다. 손님들의 견해는 아무래도 무방하고 오직 요나의 일만이 소중하다는 것이었다. 어린 아이가 요나에게 방해가 되는 것도 잘 알고 있었다. 아이는 그 와중에도 자라고 있었다. 소파를 사야 할 텐데 또 자리를 꽤 차지할 것이다. 더 넓은 아파트를 구할 수 있을 때까지 어떻게 해야 할까. 요나는 말없이 부부의 방을 바라보고 있었다. 물론 효율적인 구조는 아니었다. 침대는 너무 컸다.

그러나 방은 종일 비어 있었다. 루이스는 라토의 말을 듣고 곰곰이 생각에 잠겼다. 설마 침대에 까지 와서 누울 사람은 없겠지.

"어떻게 생각하세요?"

이번에는 루이스가 라토에게 물었다. 라토는 요나를 바라보고 있었으며, 요나는 맞은편 창문을 바라보고 있었다. 그는 이윽고 별 없는 하늘을 물끄러미 바라보더니 커튼을 쳤다. 그는 이어서 라토에게 미소를 지어 보이며 그의 곁에 와서 잠자코 앉았다.

루이스는 고단한 얼굴을 하며 샤워를 하고 오겠노라고 말했다. 두 친구만이 남게 되자 요나는 라토의 어깨가 자기 어깨에 와서 닿는 것을 느꼈다. 그는 라토를 쳐다보지 않고 말했다.

"난 그림을 그릴 때가 제일 좋아. 일생을 두고 밤낮 그림만 그리고 싶네. 그건 얼마나 큰 행운이겠나."

"최고의 행복이고말구."

라토는 그를 정답게 쳐다보면서 말했다. 아이들은 자라고 있었다. 요나는 명랑하고 튼튼한 아이들을 보면 행복을 느꼈다. 아이들은 학교에 갔다가 4시면 집에 돌아왔다. 요나는 토요일 오후나 목요일에는 그래도 그들을 돌봐야 했으며 방학 동안에는 하루 종일 함께 있어야만 했다. 아이들은 아직 얌전하게 놀 만큼 자라지는 못하였으나, 무척 씩씩하여 명랑한 웃음으로 아파트를 소란하게 하였다. 그럴 때면 달래기도 하고, 화를 내기도 하고, 때로는 때리는 시늉도 하는 것이었다. 그리고 속옷을 깨끗이 빨아 주어야 하고 단추도 달아 주어야 했다. 아내는 손이 모자랐다. 그렇다고 식모를 둘 방도 없고, 그들의 단란한 살림에 남이 끼어들게 할 수도 없어서, 요나는 아내의 언니 로즈에게 도움을 청하면 어떨지를 상의했다.

"그 방법이 있었네요."

아내는 말하였다.

"언니라면 불편하지 않을 거예요. 언제든지 가라고 할 수도 있구요."

요나 역시 그 해결 방법을 좋게 받아들였다. 아내의 일을 덜어 줄 수도 있고, 피로한 아내를 보며 괴로워하던 자신의 마음도 편하게 할 수 있었기 때문이다.

로즈는 때때로 자신의 딸도 데리고 왔으며 그로 인해 일손을 더욱 덜 수 있었다. 두 모녀는 다 마음씨가 고왔다. 그들의 밝은 성격에는 아름다운 정이 가득했다.

　　그들은 가사일을 힘껏 도와주었으며, 자기 시간을 조금도 아끼지 않았다. 고독한 생활을 하면서 무기력에 빠지던 모녀는, 루이스의 집에서 가족의 다정함을 되찾을 수 있었으므로, 그런 귀찮은 소일거리도 곧잘 해내었던 것이다. 생각했던 것처럼, 요나 부부는 로즈를 조금도 어렵게 여기지 않았고, 첫날부터 이미 함께 생활해 오던 것과 같은 느낌을 받았다. 큰 방을 공통으로 사용하였기 때문에 그곳은 식당도 되고, 빨래를 너는 방도 되며, 아이들의 놀이방도 되었다. 막내가 자는 작은 방에는 화분들과 접이식 침대를 넣어두고, 딸이 없을 때에는 로즈가 그 침대에서 가끔 자기도 하였다.

　　요나는 부부방에서 침대와 창문 사이의 공간에 앉아 그림을 그리고 있었다. 다만 아이들의 방을 치운 다음에 그 방도 청소를 할 때까지 기다려야 하는 것이 곤란할 때가 있을 뿐이었다. 그러나 일단 청소가 끝나면 그 후로는 집안의

231

사람들은 속옷 같은 것을 가지러오는 일 외에는 들어오지 않았다. 옷장이 그 방에 놓여 있었기 때문이다. 지인들의 방문이 좀 줄어들기는 하였으나, 루이스의 기대와는 반대로 그들은 습관처럼 요나와 대화를 나누기 위해 서슴없이, 부부방에 들어와 침대에 드러눕기도 하였다. 그리고 아이들도 아버지에게 안기러 왔다.

"아빠 그림 보여 줘!"

요나는 아이들에게 자기가 그리고 있는 그림을 보여 주고 정답게 뽀뽀를 해 주었다. 하지만 아이들을 밖에 내보낼 때에는 요나의 마음은 온통 아이들로 구석구석 완전히 점령하는 것이었다. 그에게 아이들이 없었다면, 공허와 고독밖에는 남지 않았을 것이다. 그는 자기 그림을 사랑하듯이 아이들을 사랑했다. 세상에서 그들만이 그림처럼 살아 있었기 때문이었다.

그런데 어찌된 영문인지 요나는 점점 그림을 덜 그리게 되었다. 여전히 성실하게 생활하였으나, 이제는 혼자서 작업을 할 때에도 금방 지치곤 했다. 그럴 때마다 요나는 하늘을 쳐다보면서 시간을 보내곤 했다. 그는 언제나 방심하고 사색에 잠기는 버릇이 있으나, 이제는 몽상 속에 살아가는 것처럼 보이기도 했다. 그는 그림을 그리지 않고, 그림과 자신의 재능에 대해서 생각할 뿐이었다.

'나는 그림을 그리고 싶어.'

요나는 마음속으로 중얼거렸다. 그러나 붓을 든 손은 번번이 아래로 처지고 멀리서 들려오는 라디오 소리에 집중력이 흐려지곤 했다. 어느새 그의 명성은 떨어지기 시작했다. 사람들이 그에 대한 좋지 않은 평론을 갖다 보여 주었다. 어떤 기사는 나쁘고, 어떤 기사는 하도 고약하여 가슴이 아플 지경이었다. 그러나 그는 마음속으로, 그런 공격들은 일을 더욱 열심히 하게끔 채찍질을 해 주는 것이기 때문에 이로운 점도 있다며 스스로를 다독였다. 다만, 그의 집에 드나들던 사람들은 그를 전보다 한결 덜 공손하게 대하였다. 그들은 마치 허물없이 대하는 오랜 친구처럼 요나를 대했다.

"너무 상심하지 말아요. 시간은 많으니."

요나가 그림을 그리려고 돌아서면, 방문객들은 그런 말을 하는 것이었다. 그는 어느 의미에서는 그들의 예술적인 실패에 자기도 휘말리고 있는 것이라는 생각이 들었다. 그러나 한편 그 젊은 세대의 사람들에게는 좋은 점이 있었다.

"자넨 바보 같아. 그들은 자네를 조금도 존중하지 않네."

하고 라토는 어깨를 으쓱해 보이면서 요나에게 말했다.

"아니야. 이제야 날 존중하게 된 걸세."

요나가 대답했다.

"타인에게 약간이라도 존중을 받는다는 건 굉장한 일이네. 어떤 방법으로 그렇게 되는지는 아무래도 무방한 걸세."

그리하여 요나는 여전히 친구들과 이야기를 나누고, 답장을 쓰고, 어쩌다 여유가 있으면 그림을 그리는 것이었다. 때때로, 특히 일요일 오후에 아이들이 아내 그리고 이모와 함께 외출하게 되면 혼자 집중하여 그림을 그려보기도 하였다. 그런 날 밤에는 그림이 조금은 나아진 것 같아 요나는 기쁘기 짝이 없었다. 그 당시에 그는 하늘을 그리고 있었다.

어느 날 화상은 그림의 매출이 현저히 줄어들어 미안하지만 봉급을 내릴 수밖에 없다고 하였다. 요나는 이를 응낙

하였으나, 루이스는 조금씩 불안함을 느끼고 있었다. 그때는 9월이라, 신학기에 아이들에게 새 옷을 사서 입혀야만 했던 것이다. 그녀는 여느 때와 마찬가지로 몸을 아끼지 않고 일을 하였으나 그녀 혼자만의 힘으로는 살림을 꾸려나갈 수가 없었다. 바느질을 하고 단추를 다는 일 같은 것은 손수 할 수 있었으나, 요를 만들 줄은 몰랐다.

마침 요나의 사촌누이가 재봉사여서, 그녀가 루이스를 거들어주려고 왔다. 그녀는 가끔 요나의 방에 들어와 한 구석에 놓인 의자에 앉아 보았다. 워낙 말이 없는 그녀는 단지 조용히 앉아 있을 뿐이었다. 루이스는 남편에게 〈일하는 여인〉을 그리도록 권유하였다.

"좋은 생각이야." 하고 요나는 말했다.

그는 작업에 착수하였으나 캔버스를 두 개나 버렸을 뿐, 계속 그리고 있던 하늘로 붓을 옮기고 말았다.

이튿날, 그는 날이 저물도록 아파트를 서성거리면서 생각에 잠겨 있었다. 제자 한 사람이 찾아와서, 흥분한 얼굴을 하고 긴 신문 기사를 보여 주었다. 이렇게 일부러 보여 주지 않았다면 요나가 읽지 않았을 그 기사에서, 그는 자신의 그림이 보잘것없고 시대에 뒤떨어져 있음을 알게 되었다.

화상은 그림의 매상이 오르지 않아 불안하다고 말해 왔다. 요나는 그래도 여전히 꿈꾸듯이 생각에 잠겨 있었다. 그는 제자에게 신문 논평에는 옳은 말도 있지만, 자신이 앞으로 여러 해 동안 노력하면 더 좋은 그림을 그릴 수 있을 것으로 안다고 말하였다. 그리고 화상에게는 그의 불안한 심정을 이해할 수 있으나, 자기는 그다지 걱정하지 않는다고 말하였다. 새로운 그림을 구상하고 있는 중이라는 것이었다. 그는 완전히 새 출발을 할 심산이라고 하였다. 그는 이런 말을 하면서, 이것은 사실이며 자기의 별이 머리 위에서 반짝이고 있다는 것을 잊지 않았다. 작업을 진행할 어느 정도의 준비만 마치면 된다고 생각할 뿐이었다.

그 후에 그는 며칠 동안 복도에서 그림을 그리려고 하였으며, 이튿날에는 전등을 켜고 샤워실에서, 그 이튿날은 부엌에서라도 그림을 그리려고 하였으나, 어디나 사람들을 대하게 되어 귀찮은 생각이 들었다. 낯선 사람들은 물론, 사랑하는 가족들까지도 그러하였다. 그는 한동안 일손을 쉬고 혼자서 그림을 그릴 궁리만 했다. 계절만 허락하면 영감을 찾아서 그리고 싶었으나, 바로 겨울이 닥쳐 오려는 판이라, 봄이 되기까지는 풍경화를 그리는 것도 어려울 지경이었다. 그럼에도 요나는 무엇이라도 그려 보려고 하였으나, 곧 단념하고 말았다. 추위가 가슴속까지 스며들었던 것이다. 그는 여러 날 동안 캔버스와 함께 살았다. 대개 캔버스 옆에 앉아 지내거나, 그렇지 않으면 들창 앞에 서서 지내었다. 그리하여 그에게는 아침에 외출하는 버릇이 생기게 되었다. 그림의 소재가 될 수 있는 나무라든지, 기울어가는 집, 지나가는 사람들을 스케치하기 위해서였지만 하루가 끝나고 보면, 아무것도 그린 것이 없었다. 그 대신 그는 신문이나, 사람들을 만나는 일이나, 쇼윈도, 카페의 더위와 같은 작은 일에만 신경이 쓰일 뿐이었다.

그는 밤마다 그럴싸한 변명을 꾸며 대었으나 마음이 편할 리 없었다. 이런 공백기가 지나가면 더 좋은 그림을 그릴 수 있으려니 하는 막연한 믿음만 반복할 뿐. 그림은 안에서 익어가고 별은 그 어두운 안개 속에서 다시금 밝게 빛날 것이라고.

어느새 그는 카페에서 살다시피 하였다. 그는 아이들에

게서만 느끼던 그러한 애정과, 뜨거운 정열을 알코올에서 발견하여 술로 인해 두근거리는 감정을 그림을 그리는 일로 옮기기도 하였다. 코냑을 두 잔만 마시면, 자기를 세계의 주인인 동시에 세계를 섬기는 자로 몰입하게 만들던 그 커다란 감동을 다시 향유할 수 있었다. 다만 그 감동을 공허 속에서, 즉 빈손으로 작품화하지 못하고 홀로 즐기고만 있을 뿐이었다. 그러나 그에게는 사는 보람을 느끼게 하던 그 희열(喜悅)과 가장 비슷한 것이 바로 그 공허였다. 그는 이제 연기와 소음으로 가득찬 곳에서 오랫동안 시간을 보낼 수 있게 된 것이다.

그러나 그는 예술가들이 자주 드나드는 주점이나 거리는 피하였다. 누가 자신에 대한 이야기를 하면 두려움이 앞서곤 했기 때문이다. 그는 도망치고 싶은 생각뿐이었다. 결국 도망치고 마는 것이었다. 그는 사람들이 뒤에서 자신에 대해서 뭐라고 말하는지 잘 알고 있었다.

"흥, 본인이 램브란트나 된 줄로 생각하나 보군."

이리하여 그는 마음이 점점 더 불편해지고 있었던 것이다. 이제는 웃는 일도 없었다. 그의 옛 친구들은 어쩔 수 없이 이상한 결론을 내렸다.

"웃지 않게 되었다면 그건 자기 자신에 대하여 아주 만족하고 있기 때문이야."

이것을 알고 있는 그는 사람들을 점점 더 피하고 경계하게 되었다. 카페에 들어가서 자기를 알아보는 사람이 있을 거란 생각만 들어도 그의 마음은 갈피를 잡지 못하고 비틀거렸다. 그는 자기 자신의 무능과 알 수 없는 비애를 뼈아프게 느끼면서 초조해했다. 그리고는 갑자기 북받치는 우정의 아쉬움을 억누르며 그 자리에 멈춰서는 것이었다. 그는 문득 라토의 선한 눈길이 그리워 급히 밖으로 나와 버렸다.

"저 몰골을 좀 봐."

요나가 자리를 벗어나는 것을 보고 어떤 사나이가 말하였다. 그는 이제 거리의 변두리만 걸어 다녔다. 그런 곳들은 자기를 알아보는 사람이 없었기 때문이다. 그는 그 장소에 서라면 사람들과 이야기를 나누고, 웃기도 하며, 다시 마음의 평온을 느끼곤 했다. 그곳에서는 요나에 대해서 수군거리는 사람도 없었다. 그리하여 그는 가볍게 이야기를 나눌 수 있는 몇몇의 친구도 생겼다. 요나는 그중에서도 한 명의 친구와 가깝게 지냈다. 그는 자주 드나들던 어느 정거장 식당에서 일하는 사나이었다.

"자네 직업은 뭔가?"

어느 날 그 사내가 요나에게 물었다.

"나는 그림을 그리네."

요나는 대답하였다.

"화가요? 그렇지 않으면 간판 그림쟁이요?"

"화가예요."

"그럼 꽤나 어려운 일을 하는군요."

사내는 요나의 말에 대답했다. 이후로는 그림을 그리는 일에 대해서 아무런 말도 하지 않았다. 분명, 그림을 그리는 직업을 가진다는 것은 어려운 일이었다. 그러나 요나는 일할 수 있는 환경만 마련이 된다면 그것마저 감당해 낼 수 있을 것 같은 기분을 느꼈다.

그는 하루하루 술잔을 기울이면서 다른 사람들과도 만났고 때로는 여인들과 관계를 맺기도 했다. 그녀들과 잠자리를 같이 할 때면, 그는 곧잘 그림에 대해 이야기를 했다. 때때로는 슬쩍 자기 자랑을 늘어놓기도 하였다. 여자들은 그의 말을 전부 그대로 믿지는 않았지만 그 심정만은 이해해 주었다. 가끔씩 그는 옛날의 그 열정을 다시금 느끼고 있다는 생각을 가지기도 했다.

그러던 어느 날 한 여자에게서 격려의 말을 듣고 요나는 결심을 하였다. 그는 집에 돌아와 아무도 없는 틈을 타서, 방에서 일을 해보려고 했다. 그러나 한 시간 후에는 캔버스를 걷어치우고 아내에게 그저 넌지시 웃음을 띄워 보내며 집을 나서는 것이었다. 요나는 그 여자의 집에서 온종일을 함께 보냈으나 성적인 욕정이 느껴진 것은 아니다. 이윽고 그는 아침에 다시 집으로 돌아오자 잔뜩 일그러진 아내의 얼굴과 마주치고 말았다. 아내는 그 여자와 육체관계가 있었는지 알고 싶어 했다.

요나는 술을 마시긴 했지만 그런 일은 없었다고 말했으나, 일전에 다른 여자들과는 관계를 맺은 일이 있다고 털어놓았다. 실망과 놀라움으로 인해 아내의 얼굴에서 마치 물에 빠진 여자의 절망 같은 표정을 발견하고 요나는 가슴이 찢어질 것만 같았다. 그는 사실 그동안 아내 생각을 전혀 하지 않았던 것이다. 그는 그 일에 대해 분명 미안하게 생각하고 있어 아내에게 사과했다. 다시는 이런 일이 없을 것이며, 내일부터는 전과 같이 모든 일이 제자리에서 시작될 것이라고 말하였다. 아내는 그저 말없이 고개를 돌려 눈물을 흘릴 뿐이었다.

이튿날 아침 일찍, 요나는 집을 나섰다. 거리에는 비가 오고 있었다. 그는 어깨에 판자를 메고 버섯처럼 비에 젖어 집에 돌아왔다. 집에서는 그의 소식을 알리려고 온 옛 친구 두 사람이 큰 방에서 커피를 마시고 있었다.

"요나는 조금 다른 작업을 진행할 생각인 것 같군. 앞으로는 판자에 그림을 그릴 모양이야."

어떤 이가 말했다.

"그게 아니야. 나는 새로 일을 시작하려는 걸세."

요나는 빙그레 웃으며 그렇게 대답했다. 그는 샤워실과 화장실, 부엌으로 통하는 조그마한 복도로 나섰다. 두 개의 복도가 직각을 이룬 모퉁이에 이르러 걸음을 멈추고, 어두운 천장까지 닿은 길다란 벽을 한참동안 쳐다보다가 문지기에게 걸상을 빌리기 위해 내려갔다.

그가 돌아왔을 때, 집에는 손님이 몇 사람 더 늘어 있었다. 그는 자신을 다시 만나 기뻐하는 친구들의 살가운 우정과 가족들의 질문을 물리치고, 복도 한쪽으로 걸어갔다. 그때 아내가 부엌에서 나왔다. 요나는 걸상을 내려놓고 아내를 힘껏 껴안았다. 아내는 그를 바라보며 말하였다.

"제발 다시는 그러지 말아요."

"물론이지. 이제는 그림에 전념할 테야."

요나가 아내에게 말했다. 그러나 그 말은 무엇보다도 자기 자신에게 중얼거리는 다짐과도 같았다.

그는 멍하니 어떤 곳을 응시하다가 다시 작업에 임했다. 벽 중턱에 마루를 깔아 꽤나 넓고 아득한 다락방 같은 것을 만들었다. 그 일은 늦은 오후가 되어서야 끝이 났다. 그는 걸상을 발판으로 삼아 다락마루에 매달려, 튼튼하게 만들어졌는지 시험하기 위해 몇 번이나 잡아당겨 보았다. 이윽고 그는 지인들에게 가서 대화를 나누는 것이었다. 그가 상냥한 태도로 사람들을 맞이하는 것을 보고 모두들 기뻐하였다. 늦은 밤, 집안이 좀 조용해지자 요나는 등불과 책상, 의자 그리고 액자 같은 것들을 모두 다락방으로 옮겼다. 세 사람의 여인과 어린 아이들이 아리송한 눈초리로 그를 바라보았다.

"드디어 됐어!"

요나는 높은 마루턱에서 앉아 말했다.

"이제야 누구에게도 방해를 받지 않고 일할 수 있을 테지."

아내는 요나를 바라보며 정말로 그럴 수 있겠느냐고 물었다.

"물론이지, 조금 비좁긴 하지만 괜찮아. 자유롭게 일할 수 있을 거야. 촛불 밑에서 그림을 그렸던 위대한 화가들도 있었으니까……."

"마루는 안전한가요?"

"물론, 걱정할 것 없어."

요나가 말하였다.

"드디어 작업을 할 수 있겠어."

요나는 그렇게 말하면서 다락방에서 내려왔다.

다음 날, 요나는 새벽 일찍 다락방에 올라가 액자를 책상 위에 올려두고 등불도 켜지 않은 채로 조용히 무언가를 기다렸다. 부엌과 화장실에서는 그저 약간의 소음만이 들려올 뿐이고 대부분의 소리들은 멀리서 들리는 것 같았다. 손님들의 드나드는 소리도, 현관문의 벨소리나 전화가 울리는 소리도, 사람들끼리 대화를 나누는 목소리까지 창밖의 거리나 어느 뜰 안쪽에서 일어나는 것처럼 어렴풋이 들려올 뿐이었다. 또한 아파트는 햇살이 매우 강하게 들어왔으나, 다락방은 옅은 어둠이 맺혀 있어 요나의 마음은 한결 차분하게 가라앉았다.

가끔씩 친구가 와서 다락방 밑에서 요나에게 말을 걸기도 했다.

"요나, 무얼 하고 있는 것인가?"

"그림을 그리고 있는가?"

"어둡진 않은가?"

"요즘은 어떤……."

하지만 요나는 그림을 그리는 것이 아니라 그저 생각에 잠겨 있을 뿐이었다. 그 새까만 자유와 침묵(그것은 그가 지금까지 살아온 환경에 비하면 사막이나 무덤 속의 침묵과도 같은 것이었다)속에서 그는 자기 자신의 마음에 가만히 귀를 기울이고 있었던 것이다.

그는 다락방에까지 들려오는 소리들이 자신을 향한 것이라 할지라도, 구태여 큰 신경을 쏟지 않았다. 그는 마치 자신의 집에서 외롭게 잠든 채 죽어가는 사람이나 다름이 없었다. 날이 밝으면 텅 빈 집안에서 귀가 먹어 버린 시체 위로 전화벨 소리가 요란스럽게 울려 퍼지곤 했다. 그러나 요나는 완전히 죽은 것은 아니었다. 그는 자기 내면의 침묵에 귀를 기울이며, 자신의 별을 기다리고 있었던 것이다. 별은 여전히 숨죽여 있었으나, 비로소 다시 떠오르려고 하고 있었다. 그 공허한 하루하루의 혼란을 넘어 별은 드디어 솟아오를 것이다.

"반짝여라! 빛나라! 그 빛을 나에게 머무르게 해 주렴!"

하고 그는 중얼거렸다. 그는 별이 다시 반짝일 것을 확신하였다. 그는 가족들과 떨어져 있지 않고서도 혼자 있을 수 있는 기회를 갖게 되었으므로, 조금 더 오래 집중할 수 있었다. 그는 오래전부터 자기가 알고 있는 것에 한해서 그림을 그려 왔으나, 이제는 지금까지도 이해하지 못하고 있는 것을 깨달아야만 했다. 이제 그는 비밀을 찾아내야 하는 것이다. 요나는 그것이 오직 예술에 대한 비밀이 아니었음을 잘 알고 있었다. 비밀을 깨닫지 못한다면 별은 빛나지 않을 것이다.

요나는 매일 다락방에 올라갔다. 손님들도 점점 줄어들었다. 루이스가 일이 많아 별로 손님들을 접대하지 않았기 때문이다. 요나는 식사 때만 내려왔다가 다시 다락으로 올라갔다. 그는 하루 종일 어둠속에서 우두커니 앉아 있었다. 그러다가 밤이 되면 먼저 잠든 아내의 곁에 내려오곤 하였다. 며칠 후에 그는 아내에게 점심을 올려 보내라고 말했다. 아내는 정성껏 점심을 만들어 올려 보냈다. 요나는 진심으로 감동하였다. 그는 아내를 되도록 괴롭히지 않기 위해 음식을 미리 장만해서 다락에 넣어 두라고 말했다. 그리하여 요나는 온종일 다락방에서 살게 되었다. 어느새 그는 음식은 전혀 입에 대지 않았다.

어느 저녁에는 아내를 불러 담요를 몇 장 올려 달라고 말했다.

"여기서 잘 거야."

그는 아내에게 말하였다.

루이스는 머리를 뒤로 젖히고 남편을 바라보았다. 그녀

는 입을 벌렸으나 말이 나오지 않았다. 그저 불안하고 슬픈 얼굴로 남편을 바라볼 따름이었다. 요나는 문득 아내가 많이 늙었다는 것을 깨달았다. 그와 함께한 생활이 아내에게 많은 부담을 주었다는 것을 알게 된 것이다. 그때 비로소 요나는 지금껏 자신이 아내를 도와준 것이 별로 없음을 깨달았다. 그가 아내에게 어떤 말을 건네기 전에, 아내는 그에게 정답게 웃어 보이며 말했다.

"당신이 좋다면 저도 좋아요."

요나는 가슴이 마구 시려왔다.

그날 뒤부터 그는 잠도 다락방에서 자고 거의 아래로 내려오지 않았다. 그러자 손님들도 자연히 자취를 감추게 되었다. 낮이건 밤이건 요나를 볼 수 없기 때문이었다. 어떤 사람에게는 시골에 갔다고 말하고, 또 어떤 사람에게는 거짓말을 하는 것도 지쳐서 아틀리에를 새로 장만했다고 둘러대기도 했다. 이 집에 충실히 찾아오는 것은 오직 라토뿐이었다. 그의 큰 몸집만이 걸상을 밟고 다락을 들여다볼 수 있었다.

"어때?"

라토가 물었다.

"아주 근사해."

"그림을 그리는 건가?"

"그런 셈이지."

"하지만 캔버스가 없지 않은가?"

"그럼에도 불구하고 나는 그림을 그리고 있어."

걸상과 다락 사이에서 대화를 오래 주고받을 수는 없었다. 라토는 머리를 끄덕이고 아래로 내려와 퓨즈나 자물쇠 따위를 고쳐 주면서 루이스를 도왔다. 그리고 다시 올라가지 않고 요나에게 작별 인사를 하면, 요나는 어둠 속에서 "잘 가게 친구!" 하고 대답을 하는 것이었다. 문득 어느 저녁에 요나는 잘가라는 말에 고맙다는 인사를 덧붙였다.

"새삼스럽게 고마울 건 또 뭐야?"

"자넨 날 아껴 주잖아."

"그건 처음 듣는 소식인걸?"

라토는 그렇게 말하고 밖으로 나갔다. 요나는 어느 저녁에 라토를 불렀다. 라토는 곧장 요나에게 달려왔다. 다락방에는 처음으로 등불이 켜졌다. 요나는 안타까운 얼굴로 말하였다.

"캔버스를 하나 주게."

"아니, 자네 무슨 일이야? 너무 말랐군. 귀신 같아."

"며칠째 거의 음식을 입에 대지 않고 있네. 하지만 괜찮아. 이제 드디어 그림을 그리려고 해."

"우선 뭐라도 좀 먹지 그러는가."

"아니야. 별로 배가 고프지 않네."

라토는 캔버스를 갖다주었다. 요나는 급히 다락방으로 올라가다가 물었다.

"다들 잘 지내나?"

"누구 말인가?"

"루이스와 아이들 말이야."

"잘 있어. 물론, 자네와 함께 있게 되면 더욱 좋을걸세."

"내 마음은 언제나 그들에게서 떠나지 않고 있네. 그렇게 전해 주게나."

요나는 그 말을 남기고 다락방으로 사라져 버렸다. 라토는 루이스에게 가서 그가 걱정된다고 말했다. 그녀는 자신도 계속해서 걱정하고 있다고 말했다.

"어떻게 하면 좋겠어요? 그분 대신 내가 할 수 있다면 그러기라도 할 텐데!"

그녀는 서글픈 얼굴을 하고 라토와 마주 앉았다.

"전 남편 없이는 살 수 없어요."

라토는 그녀가 소녀 같은 표정을 하고 있어 놀랐으나, 그저 얼굴이 붉어져서 그런 거라고 생각했다. 등불은 밤새 켜져 있었으며, 이튿날 아침까지도 꺼지지 않았다. 요나는 라토 혹은 다른 누구라도 자기를 살피러 오는 사람이 오면 "괜찮아, 일을 하고 있어." 하고 짧게 대답할 뿐이었다.

정오가 되자 그는 석유를 올려 달라고 요청했다. 위태롭던 등불은 밤이 늦도록 환히 빛났다. 라토는 남아서 루이스와 아이들과 함께 저녁 식사를 하기로 하였다. 그는 자정이 되어서야 요나에게 작별 인사를 하였다. 라토는 여전히 환한 다락방에서 잠시 기다리다가 아무런 말도 없이 돌아섰다. 다음 날 아침 루이스가 일어났을 때에도 등불은 여전히 빛을 밝히고 있었다.

다시 아름다운 하루가 시작되고 있었으나 요나는 그것을 모르고 있었다. 그는 캔버스를 벽에 돌려 놓았다. 그는 기진

맥진한 채로 앉아, 두 손을 무릎 위로 올려 놓고 무엇을 생각하고 있었다. 이제 그는 다시 그림을 그리지 않겠다고 마음속으로 다짐했다. 그는 행복했다. 아이들의 떠드는 소리, 부엌의 물소리, 그릇이 덜그럭거리는 소리들이 들려왔다. 거리에는 트럭이 달리며 그 진동으로 유리창 흔들리는 소리를 만들어 내고 있었다. 아내는 얘기를 하고 있었다. 싱싱하고 아름다운 세계가 바깥의 세계에도 있었다.

요나는 사람들이 일으키는 아름다운 소리에 귀를 기울이고 있었다. 그 소리는 멀리서 들려와 내면의 즐거운 힘 (그의 예술과 사상을 훼방하지 않는)을 만들어 내었고, 그로 인해 요나의 영혼은 언어로는 표현할 수 없는 영원한 침묵 속으로 빠져들고 있었다. 그 느낌은 모든 경계를 넘어 서늘한 대기 위로 그를 자유로이 오르게 했다.

사내아이들이 이 방에서 저 방으로 뛰어다니고, 여자 아이는 웃고 있었다. 아내도 웃고 있었다. 그것은 꽤나 오래 전부터 들어보지 못한 아내의 다정한 웃음소리였다. 요나는 그들을 사랑하고 있었다. 그는 그들을 얼마나 사랑하고 있었던가! 그는 등불을 꺼 버렸다. 그가 돌아온 어둠 속에

빛나는 것은 무엇이었던가? 그것은 그의 별이었다. 그는 감사한 마음으로 그 별을 바라보다가 말없이 쓰러졌다.

"괜찮습니다."

의사가 말했다.

"과로한 탓입니다. 일주일 정도 요양을 하면 나을 겁니다."

"정말인가요?"

루이스가 걱정스러운 얼굴로 물었다.

"예. 나을 겁니다."

라토는 다락방에서 캔버스를 바라보고 있었다. 아무것도 그려져 있지 않은 새하얀 캔버스였다. 요나는 다만, 그 중앙에 간신히 알아볼 수 있을 정도의 작은 글씨로 낱말 하나를 써 놓았다. 그러나 그 낱말을 Solitaire(고독)라고 읽어야 할지 Solidaire(결속)라고 읽어야 할지 좀처럼 알 수는 없었다.

작품 해설

부조리의 문학. 『이방인』을 말할 때 늘 따라오는 수식이다. 『이방인』은 주인공 뫼르소가 어머니의 장례식에 다녀온후 마을에서의 행적을 따라가는 것으로 이야기를 시작한다. 뫼르소는 어머니가 돌아가시고 나서 마리와 연애를 하고, 레이몽 영감의 고민을 들어주는가 하면 살라마노 영감이 개를 잃어버리자 조언을 해주기도 한다. 그러다 초대로 방문한 어느 바닷가에서 한 아랍인을 총으로 쏴 죽이고 재판장에 서게 된다.

『이방인』은 1942년 카뮈가 만 29세 때 발표한 소설이다.

소설의 배경인 알제리는 카뮈의 고향이기도 하다. 현재 알제리는 프랑스의 식민지였다가 독립되었기에 종종 카뮈를 알제리 이민자 출신이라 오해하는 경우가 있지만, 카뮈는 처음부터 프랑스인이었다. 알제리는 식민지 지배를 받을 당시 프랑스인들에게 별도의 땅이 아니라 프랑스 영역의 확장으로 생각되었고, 그런 의미에서 프랑스인들에게는 새로운 시작을 위한 기회의 땅으로 여겨졌다. 카뮈의 부모님도 그중 하나로, 카뮈는 아랍이나 이민 등과는 하등 관련 없는 프랑스인이다.

이 소설의 주요 골자는 바로 뫼르소의 살인 동기다. 그는 왜 아랍인을 죽였는가? 그리고 마지막 네 발을 쏘기 전에는 왜 잠시 뜸을 들였는가? 뫼르소는 여기에 사람들이 이해할 수 없는 답을 한다. 태양빛이 너무 뜨거워서 그랬노라고.

사람들은 재판장에서 뫼르소의 살인이 계획된 잔인한 범죄임을 증명하는 데 그가 어머니 장례식에서 어떤 행동을 했는지를 증거로 삼는다. 사람들은 한 인간이 맞은 비극적인 사건(뫼르소는 담백한 투로 어머니의 죽음을 회고했지만)을 하나의 정형적인 사고방식으로 해석하려 한다. 어머니가 돌아가셨는데, 어떻게 눈물을 흘리지 않을 수 있는지, 감히 어머니의 시신 앞에서 담배를 피고, 커피를 마실 수 있는지, 장례식 다음 날 어떻게 여자를 만나는 행동을 하는지를 논하며 인간이 슬플 때나 기쁠 때 어떤 식으로 행동해야 인간인지를 정해 놓은 듯이 말한다. 앞서 카뮈의 소설을 부조리의 문학이라고 한다고 했는데, 이 소설에서 발견할 수 있는 한 가지 부조리는 바로 이것이다. 가장 인간적인 행동은 무엇인가를 말하면서 그 안에 당사자에 해당하는 한 사람의 인간이 빠져 있는 상황. 소설에서 뫼르소는 자신을 배제하고 자기 자신에 대해서 말하고, 사건을 판단하고자 사건을 제외한 다른 행위를 끌어오는 행동을 한 걸음 떨어져서 바라본다.

결국 뫼르소는 사형을 언도받는다. 소설의 마지막은 인간으로서의 인간이 아닌 사회적 규범에만 규합하는 사람들 사이에서 끝까지 인간이기를 고수했던 뫼르소의 심리를 보여 주고 있다.

어머니가 늘그막에 왜 '약혼자'를 두고 삶을 다시

꾸리려는 장난을 했는지 나는 이해할 수가 있을 것 같았다. 생명이 사그라져가는 그 양로원 언저리에 찾아드는 저녁은 서글픈 휴식 시간 같은 것이었으리라. 그렇게 죽음에 가까이 이르러서도 어머니는 해방된 느낌으로 이 세상을 다시 살아 볼 마음을 가졌음이 틀림없었다.

그런 어머니가 죽은 것을 슬퍼할 권리는 내게 없다. 심한 분노가 괴로움을 씻어주고 새 희망을 안겨 준 것처럼 나도 삶을 다시 꾸려보고 싶은 생각이 들었다. 별이 반짝이는 하늘을 보며 이 세상의 다정한 무관심이 처음으로 내 마음을 사로잡는 것을 느꼈다. 이 세상이 나와 다름없는 형제 같았으니, 나는 그동안 행복했고 지금도 행복함을 느끼는 것이다. 모든 것이 성취되고 내가 사형 집행을 받게 되어 많은 구경꾼들이 증오에 찬 아우성으로 날 맞아주기를 바라는, 내게 남은 그 소원이 이루어질 때, 나는 비로소 외롭지 않으리라.

어머니를 한 인간으로 헤아림으로써 함부로 슬퍼하지 않았던 것, 그리고 자신의 마지막 순간에 서서 세상을 어떻게 받아들이고 있는지 드러내고 있다.

자기 자신으로 존재하기 위해 외따로 떨어진 존재가 될 수밖에 없었던 '이방인' 뫼르소. 알제리라는 프랑스 변방의 어떤 곳, 알제리로 이주한 프랑스인 2세라는 작가 자신의 경계인의 위치, 사회에 녹아 있는 듯했지만 자신의 이야기가 닿지 않는 사회 안쪽의 일들과 그 바깥에서 그들을 바라보는 나 자신. 『이방인』은 이런 것들이 버무려져 결국 인간을 그 인간 자체로 받아들여지지 않는 사회에서 '나'라는 존재는 무엇인가 생각게 한다.

작가 연보

1913년 11월 7일 프랑스령 알제리 출생.

1914년 아버지 뤼시앵 카뮈가 제1차 세계대전에서 전사하여 어머니와 단둘이 생계를 이어감.

1923년 프랑스 중등학교 리세 입학.

1930년 알제리 대학에 입학하였으나 폐결핵으로 중퇴. 이후에는 가정교사, 자동차 수리공, 기상청 등에서 임시직을 전전하다 스승 장 그르니에를 만남.

1934년 21세의 나이로 시몬 이에를 아내로 맞이함.

1935년 플로티누스에 관한 논문으로 철학 학사 학위를 받음.

1939년 26세의 나이로 『이방인』 집필을 시작.

1940년 각자 다른 사람을 사랑하였고 시몬의 모르핀 중독으로 이혼함. 이후 수학자이자 피아니스트인 프랑신 포르와 결혼했으나 카뮈는 결혼 제도에 대하여 강한 반감을 가지고 있었기 때문에 부부 관계에 어려움을 느낌. 같은 해 파리로 진출하여 기자가 됨.

1942년 29세의 나이로 『이방인』 출간.

『시지프의 신화』 출간.

1944년 희곡 〈오해〉를 마튀랭 극장에서 상연

1947년 34세의 나이로 『페스트』 출간.

1951년 『반항적 인간』 출간.

1954년 『여름』 출간.

1956년 『전락』 출간.

1957년 노벨 문학상 수상.

『유형지와 왕국』 『스웨덴의 연설』 출간.

1960년 파리의 작은 마을에서 1월 4일 자동차 사고로 사망.

소설 『최초의 인간』이 미완성 유작으로 남음.

1942년에 발간된 『이방인』 초판 표지 이미지

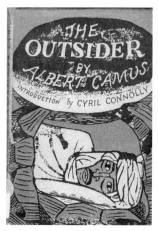

1946년 런던에서 발간된 『이방인』의 표지

1950년대의 알베르 카뮈